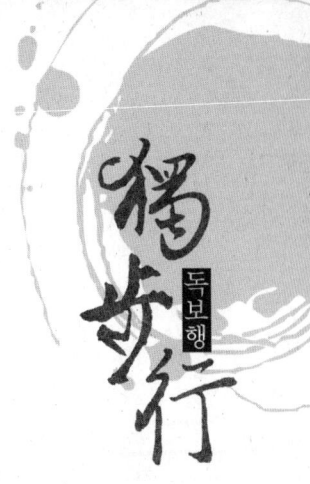

獨步行 독보행

임영기 新무협 판타지 소설

FANTASTIC ORIENTAL HEROES

독보행 8
임영기 新무협 판타지 소설

초판 1쇄 찍은 날 § 2013년 6월 19일
초판 1쇄 펴낸 날 § 2013년 6월 26일

지은이 § 임영기
펴낸이 § 서경석

편집부장 § 권태완
편집책임 § 박가연
디자인 § 신현아

펴낸곳 § 도서출판 청어람
등록번호 § 제1081-1-89호
등록일자 § 1999. 5. 31
어람번호 § 제2-2352호

주소 § 경기도 부천시 원미구 심곡2동 163-2 서경B/D 3F (우) 420-822
전화 § 032-656-4452 팩스 § 032-656-4453
http://www.chungeoram.com
E-mail § chungeorambook@daum.net

ⓒ 임영기, 2013

ISBN 978-89-251-3330-0 04810
ISBN 978-89-251-3153-5 (세트)

※ 파본은 구입하신 서점에서 교환하여 드립니다.
※ 저자와 협의하여 인지를 붙이지 않습니다.
※ 이 책은 도서출판 청어람과 저작자의 계약에 의해 출판된 것이므로,
무단 전재 및 유포·공유를 금합니다.

8

불사이자사(不思而自思)

獨步行
독보행

임영기 新무협 판타지 소설

FANTASTIC ORIENTAL HEROES

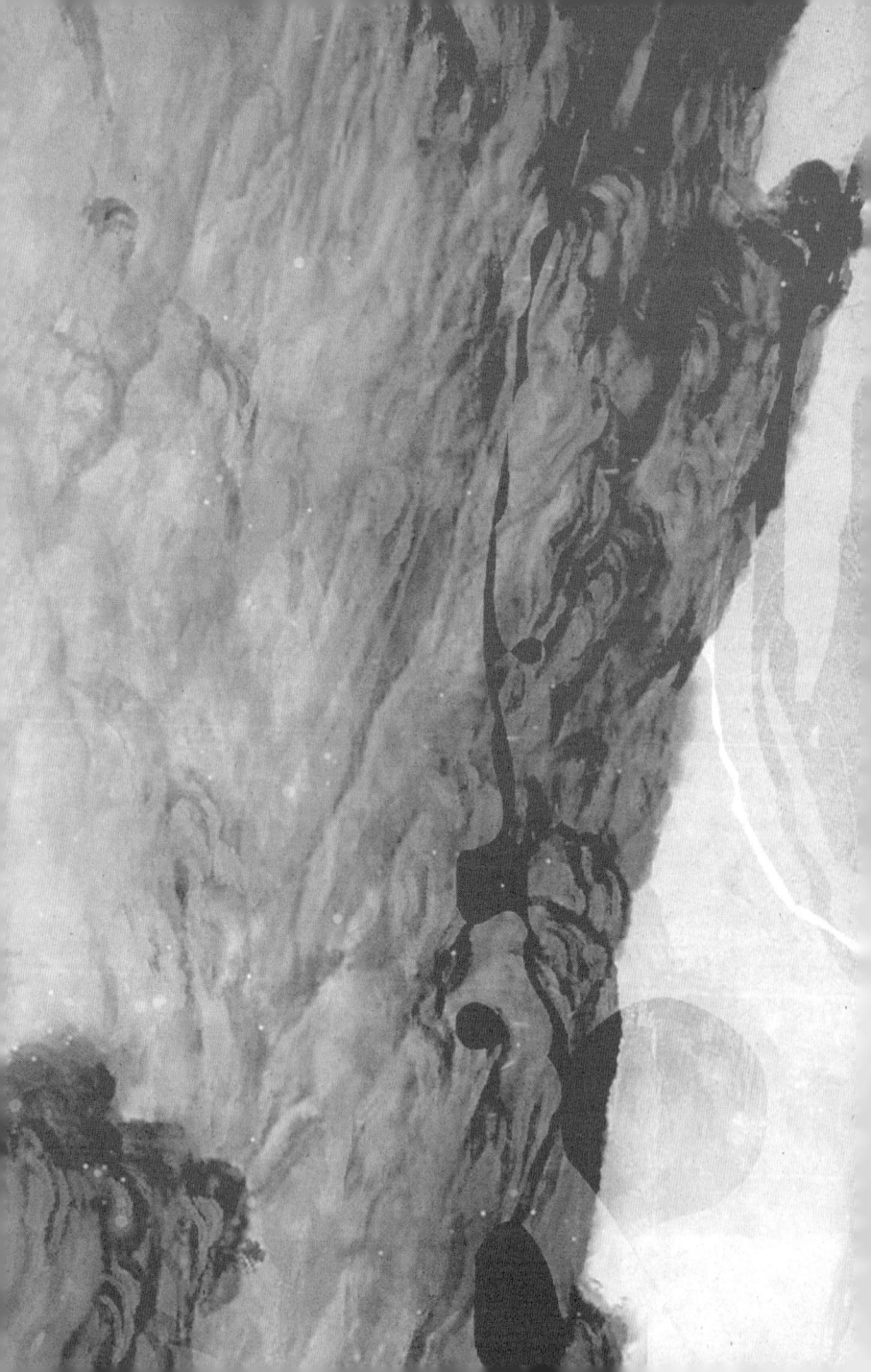

제78장	항주 명야루	7
제79장	적과의 동침	35
제80장	원수의 뜰을 짓밟다	71
제81장	용담호혈(龍潭虎穴)	103
제82장	목줄 죄기	129
제83장	의형제	161
제84장	형만 한 아우 없다	187
제85장	아름다운 슬픔	213
제86장	해란화를 찾아서	245
제87장	두 걸음 앞의 연인	273

第七十八章

항주 명야루

색향(色鄕) 항주의 밤거리는 휘황찬란했다.
대무영은 보천기집의 본거지인 명야루로 가기 위해서 도해와 함께 객잔을 나섰다.
대무영은 무창을 출발하여 항주까지 오는 동안 면도를 하지 않았기 때문에 수염이 덥수룩한 모습이다.
그의 용모가 많이 알려졌기 때문에 수염을 길러서 용모를 바꾸려는 의도였다.
예전에도 가끔 해본 적이 있었기 때문에 이제는 경험이 생겨서 수염을 요령껏 잘 다듬어 삼십대 중반의 완전히 다른 사람처럼 보였다.

기루에 손님을 가장해서 들어가려면 남자여야 하는데 도해는 부득부득 자신이 따라가겠다면서 남장으로 변장까지 하는 수고를 아끼지 않았다.

다른 무영단원들은 적사파울에 대한 어떤 흔적이나 단서라도 찾으려고 뿔뿔이 흩어져서 거리로 나갔다.

항주에는 두 군데의 색향가(色鄕街)가 있으며 서호와 전당강(錢塘江)에 있다.

서호의 것은 서천국(西天國)이라 하고, 전당강은 동해궁(東海宮)이며 이 둘을 동서해천(東西海天)이라고 부른다.

항주의 서호 동쪽 가장자리에는 항주를 색향으로서 유명하게 만든 동서해천 중에 서천국의 기루 수백 개가 처마를 맞대고 십여 리의 길이로 길게 늘어서 있다.

항주는 거의 매일 항주에 살고 있는 인구보다 많은 외지인이 몰려든다.

물론 색향가를 찾아오는 사람들이다. 그들이 항주의 색향가에 뿌리고 가는 돈은 항주 전체의 생산액의 몇 곱절에 달하고 있다.

그러므로 동서해천에 속한 무려 천여 개의 기루가 항주 사람들을 먹여 살린다고 해도 과언이 아니다.

서천국은 낙양의 낙수천화를 대여섯 개 모아놓은 것 같은 엄청난 규모였다.

그래서 지금 같은 밤이면 천하에서 몰려든 수많은 사람으로 발 디딜 틈조차 없이 붐볐다.

대무영과 도해는 인파에 섞여서 서천국 거리를 흘러가는 강물처럼 따라서 걸어갔다.

색향가는 낙수천화나 이곳이나 다를 바가 없다. 모든 기루에서 하급기녀들이 밖으로 쏟아져 나와서 오가는 행인들을 호객하느라 간드러지는 여인들의 교성이 거리를 가득 메워 귀가 따가울 지경이었다.

대무영과 도해의 모습은 일견하기에도 매우 특이했다. 대무영은 키와 체구가 보통 사내들보다 훨씬 큰 반면에 도해는 여자로서도 아담한 체구라서 둘의 키와 체구의 차이가 크게 났다.

그래서 뒷모습은 마치 어른과 아이가 나란히 걸어가는 것처럼 보였다.

게다가 대무영하고 구색을 맞춘답시고 도해도 수염을 붙였다. 그랬더니 자그마한 체구에 작은 얼굴, 그리고 희고 뽀얀 얼굴색인데 턱과 입주위에 덥수룩한 수염을 붙여놓으니까 우스꽝스러운 모습이 되었다.

그런데도 그녀 자신은 변장이 제대로 됐다고 생각하는지 어깨를 흔들면서 꽤나 자랑스러운 걸음걸이로 씩씩하게 거리를 활보했다.

 대무영은 천지검이 눈에 띄기 때문에 천으로 쌌으며 도해는 그냥 검을 메고 있었다.

 보천기집의 본거지인 명야루가 어디에 있는지 사람들에게 물어볼 필요는 없었다.

 대무영과 도해는 서천국의 거리를 걷다가 매우 희한한 광경을 목격하게 되었다.

 사람들 말에 의하면 그곳이 바로 명야루로 들어가는 입구라는 것이다.

 거리 양쪽에 기루들이 처마를 맞대고 줄지어서 길게 늘어서 있다가 갑자기 서호 쪽으로는 마치 이가 빠진 것처럼 기루 두 곳 정도의 모습이 보이지 않으면서 그 대신 곧게 뻗은 대로에서 그쪽으로 꺾어지는 길이 생겼다.

 서천국 거리에도 사람이 많지만 서호 쪽으로 꺾어진 그 길에는 입구에서부터 뚫고 들어가기가 힘들 정도로 인산인해를 이루고 있었다.

 그러나 아무리 사람이 많아도 전방 백여 장 거리에 우뚝 솟아 있는 건물의 모습은 똑똑하게 보였다.

 건물은 한 채가 아니었다. 가장 눈에 띄는 것이 전면의 구층의 탑 모양 누각이었다.

 구층누각은 한 개의 층이 다른 건물들의 이 층보다 높았으므로, 전체 구 층은 다른 건물의 이십 층, 지상으로부터 무려 이십여 장 이상 되는 높이였다.

그것보다는 조금 작은 규모의 건물들이 좌우로 십여 채나 둥글게 원을 형성한 채 죽 늘어서 있었다.

대무영과 도해는 저기가 명야루일 것이라고 직감했다. 그리고 인파는 명야루에 들어가려는 손님들일 것이다.

[뚫고 앞으로 가요.]

도해는 대무영에게 전음을 보내는 것과 동시에 한손으로 그의 손을 잡고 다른 손으로는 사람들을 헤치면서 앞으로 나아가기 시작했다.

고급스러운 비단옷을 입고 길게 줄을 선 사람들은 명야루에 들어가기 위해서 순서를 기다리고 있는 중이고, 줄 양쪽에 모여 있는 사람들은 구경꾼이다.

"억!"

"흑!"

도해는 아무렇지도 않게 사람들을 슬쩍슬쩍 밀치는 것 같지만 실제로는 손에 약간의 공력을 실었기 때문에 밀침을 당한 사람들은 맥없이 픽픽 쓰러지듯이 물러났다.

도해 덕분에 두 사람은 잠깐 사이에 행렬의 맨 앞에 도착하게 되었다.

그곳에는 전혀 예상하지 못했던 광경이 벌어지고 있었다.

다섯 명의 경장 무사가 나란히 서서 길을 가로막고 있는 탓에 손님들 줄만 허용되고 구경꾼들은 더 이상 나갈 수가 없었다.

무사들 너머 전면에는 전체를 여러 종류의 옥으로 만들고 오색 등불과 여러 장식으로 멋들어지게 치장한 하나의 다리가 놓여 있었다.

오십여 장 길이의 그 다리 끝에 하나의 섬이 있으며, 그 섬에 조금 전에 본 건물들이 둥근 섬 외곽을 에워싸듯이 둥글게 세워져 있는 것이었다.

다리 입구에는 허리에 도를 찬 또 다른 다섯 명의 무사가 지키고 있다.

그리고 그들의 머리 위에는 용사비등한 필체로 '천하제일 명야루'라고 써진 커다란 현판이 걸려 있었다.

명야루는 거리가 아니라 서호의 섬에 있었다. 작은 섬 전체가 기루인 명야루인 것이다.

그리고 눈앞의 다리가 명야루로 통하는 유일한 통로였다. 그리고 다리 앞에서 손님들을 심사, 분류하고 있다.

심사, 분류란 다른 것이 아니라 다리 조금 못 미친 곳에 탁자 하나가 놓여 있고, 그 너머에 앉은 화려한 옷차림의 중년 여인이 맞은편에 선 손님들을 심사하여 명야루의 어떤 등급으로 보낼 것인지를 분류하는 것이었다.

심사 기준은 무조건 돈이다. 오늘 밤에 명야루에서 돈을 얼마나 사용할 것인지를 말하면 액수의 많고 적음에 따라서 수준에 맞춰 명야루의 곳곳으로 보낸다.

명야루에는 도합 다섯 등급이 있으며, 최하한선이 은자 천 냥이다.

그 다음이 삼천 냥, 육천 냥, 만 냥이다. 최고 일 등급은 십만 냥 이상을 내야 하며 얼마까지인지 최고한도의 액수가 정해져 있지 않았다.

물론 최고한도의 금액을 낸 손님에게는 그에 걸맞은 접대가 행해진다.

중년 여인 좌우에도 두 명의 무사가 팔짱을 낀 채 버티고 서 있었다.

대무영은 그들과 구경꾼들을 제지하고 또 다리 입구를 지키는 도합 열 명의 무사가 단지 무사처럼 보이지만 실제로는 일류고수급이라는 것을 한눈에 간파했다.

입구를 지키는 무사들이 그 정도 수준이고, 또 구태여 무사로 위장하고 있다면 명야루 안쪽은 진짜 고수들이 우글거리고 있는 복마전(伏魔殿)이 분명하다.

대무영과 도해가 잠시 지켜본 바에 의하면 탁자 앞에 길게 줄을 늘어선 손님은 대부분이 다섯 등급 중에서 최하 오 등급인 은자 천 냥으로 분류되고 있었다. 천 냥이라도 보통 사람들에게는 엄청난 금액이다.

그들이 천 냥이라고 의기양양하게 말하면 중년 여인은 쇠로 만든 노랗고 길쭉한 가운데에 한 송이 꽃 그림이 새겨진 패 하나를 내밀었다.

그러면 손님은 패를 받아서 한 무리의 동료들과 함께 다리로 향하여 건들거리면서 패를 내보이고, 무사들은 그들이 다리를 통과할 수 있도록 해준다.

그 패가 명야루의 오 등급 화방(花房)에서 하룻밤 동안 놀 수 있는 패다.

심사와 분류를 받으려고 대기하면서 늘어선 줄은 대로까지 길게 이어졌으며 술시(밤 8시경)인 현재 사백여 명에 달하고 계속 줄이 더 길어지고 있다.

그 나머지는 구경꾼들이다. 명야루에서 하룻밤 최하등급인 화방에서 동료들과 함께 놀 수 있는 금액이 무려 은자 천 냥인데, 그런 돈이면 한 가족이 몇 년 동안 아무 걱정 없이 먹고살 수 있는 액수다.

그만 한 돈이 없는 사람들은 명야루에 들어가는 사람들을 구경하는 것만으로 대리만족을 삼고 있는 것이다.

대부분의 손님이 오 등급 화방 손님이지만, 이삼십 명에 한 명 꼴로 호기롭게 은자 삼천 냥의 사 등급 옥정(玉亭)으로 분류되는 손님들도 있다.

그러면 구경꾼들이나 줄을 서 있는 손님들은 환호성을 지르며 부러움과 찬사를 보낸다.

그리고 아주 가끔씩, 그러니까 하룻밤에 겨우 한두 무리 꼴로 은자 육천 냥을 쾌척하여 삼 등급 선각(仙閣)에 드는 손님들이 있다.

그러면 모든 사람이 서천국 전체가 떠나갈 정도로 비명 같은 환호성을 터뜨린다.

명야루 각 등급의 차이는 꽤 크다고 한다. 오 등급 화방의 기녀들은 어여쁘기가 꽃과 같다고 하는데, 은자 천 냥을 내면 그녀들과 함께 미주가효를 먹으면서 하룻밤 주지육림에 빠지는 것이다.

사 등급 옥정의 기녀들은 옥처럼 아름답고 술과 요리는 화방 이상이고, 악사들의 풍악과 무희들의 춤이 더해져서 마치 무릉도원을 노니는 것 같다고 한다.

삼 등급 선각은 옥정보다 모든 면에서 월등하며 무엇보다도 기녀들의 미모와 수준이 선녀와 같다고 하니 구구한 설명은 입만 아프다.

"백만 냥 내겠소!"

그때 갑자기 누군가 가냘픈 목소리로, 그러나 힘있게 외치는 소리에 웅성거리던 소란이 한순간 뚝 끊어지고 사위가 절간처럼 고요해졌다.

천 냥도 없어서 구경만 하고 있는데 백만 냥이라니, 만약 누군가 농담을 한 것이라면 이 자리에서 맞아 죽고 말 것이다.

그곳에 모여 있던 천여 명에 가까운 사람이 일제히 한곳을 주시했다.

대무영도 방금 큰 소리로 외친 사람, 즉 바로 옆에 있는 도해를 어이없는 표정으로 쳐다보았다.

백만 냥을 내겠다고 호기롭게 외친 사람은 다름 아닌 도해였다.

대무영에겐 일언반구 의논도 하지 않고 큰 사고를 저질러 버린 것이다.

오 등급의 최상급, 즉 일 등급이 은자 십만 냥 이상인데 무려 열 배인 백만 냥을 외쳤으니 도대체 어쩌려고 그런 것인지 모를 일이다.

탁자 앞에 길게 늘어서서 심사와 분류를 기다리고 있던 손님들이 혼비백산한 표정을 지으면서 일제히 옆으로 비켜서며 대무영과 도해에게 길을 터주었다.

[가요.]

도해가 전음을 보내면서 대무영을 탁자로 이끌었다.

'이거 참……'

대무영은 어쩔 수 없이 그녀가 하자는 대로 할 수밖에 없는 처지가 됐다.

　이제 와서 웃으면서 농담이었다고 얼버무리기에는 분위기가 너무 진지하다.

　모두들 대무영과 도해를 주시했으나 그중에서도 탁자 앞에 앉은 중년 여인과 무사들의 눈빛이 날카롭게 변해서 두 사람을 머리끝부터 발끝까지 재빨리 살폈다.

　그들은 이미 도해가 남장 여자라는 사실을 간파했다. 그녀가 아무리 꼼꼼하게 변장을 했어도 노련한 중년 여인과 무사들의 눈을 속이기에는 역부족이다.

　도해의 아담한 체구와 눈처럼 희고 뽀얀 살결이나 헐렁한 경장을 입고 있는 것, 그리고 어딘가 조악해 보이는 코밑수염이 그랬다.

　더구나 대무영의 손을 꼭 잡은 채 이끌고 있는 모습이 모두의 시선을 끌기에 충분했다.

　그러나 중년 여인이나 무사들은 모른 체했다. 여자가 명야루에 들어가지 못한다는 규칙은 없기 때문이다.

　또한 남장 여자가 명야루에 들어가는 일이 그다지 드문 경우도 아니다.

　특히 강호의 여걸들은 아예 여자 모습 그대로 출입을 하고 경우에 따라서는 남장을 하기도 한다.

　동료들과 어울리다 보니까 그러는 경우도 있으며, 궁금증 때문이기도 하다는 것이다.

중년 여인과 무사들이 놀란 이유는 다른 데 있다. 명야루가 생긴 이래 지금까지 하룻밤 술값으로 은자 백만 냥 이상을 쓴 손님이 단 두 명뿐이었기 때문이다.

그 두 명 중 한 명은 천하에서 몇 손가락 안에 꼽히는 부호였으며, 또 한 명은 강호에서 명성이 자자한 일류고수로서 대단한 풍류객이었다. 그 두 명은 명야루 삼십 년 역사에 길이 기억될 인물이었다.

어느덧 대무영과 도해는 중년 여인 맞은편에 나란히 섰다.
"백만 냥 낼 테니 들여보내 주시오."

그녀가 여자라는 걸 다 알고 있는데 도해는 짐짓 굵직한 목소리로 점잖게 말했다.

중년 여인은 아무리 봐도 대무영과 도해가 은자 백만 냥씩이나 갖고 있을 것처럼 보이지는 않아서 고개를 모로 꼬고 잠시 생각하더니 딴에는 공손히 말했다.

"그렇다면 일 할인 십만 냥을 선불로 내세요."

다른 사람들에게는 그런 요구를 하지 않았었다. 속이고 들어갔다가는 호된 봉변을 당한다는 소문이 다 알려져 있기 때문이다.

중년 여인은 대무영과 도해가 장난을 치는 것이라면 아예 들여보내지도 않고 이곳에서 물고를 낼 생각이다.

"십만 냥?"

도해는 품속을 뒤적거렸다.

"어디에 뒀더라… 아! 여기 있다."

그녀는 구겨진 한 뭉텅이의 종이 뭉치를 꺼내 탁자에 내려놓더니 이것저것 펼쳤다.

"십만 냥짜리라… 이건 백만 냥짜리고… 이것도 백만 냥짜리… 도대체 어디에 있는 거지?"

중년 여인은 하나씩 펼쳐지는 종이를 보다가 찢어질 듯 눈을 부릅뜨면서 혼비백산했다.

종이는 전표(錢票)였다. 얼핏 보니까 무창에서도 신용이 가장 좋은 태화전장의 것이 분명했다.

그게 한두 장도 아니가 뭉텅이로 있으니 족히 천만 냥 이상은 되고도 남았다.

그런 사람에게 돈이 있는지 없는지 확인한다고 십만 냥을 내놓으라고 했으니 루주가 알면 눈물이 쏙 빠질 만큼 치도곤을 당할 일이다.

중년 여인은 그 자리에서 벌떡 일어나더니 깊숙이 허리까지 숙였다.

"아닙니다. 그냥 들어가십시오."

다리 입구를 지키는 무사 중 한 명이 이 사실을 알리려고 다리를 건너 안쪽으로 구르듯이 달려 들어갔고, 나머지는 양쪽으로 비켜서며 길을 터주었다.

"우우……."

"하룻밤에 은자 백만 냥이라니……. 엄청나다 정말……."

천 냥도 없어서 명야루에 들어가지 못하고 구경하는 신세인 사람들은 질린 얼굴로 고개를 가로저었다.

"어험험!"

전표 뭉치를 주섬주섬 품속에 쓸어 담은 도해는 요란하게 헛기침을 하면서 다리로 향했다.

물론 다정한 연인 사이처럼 대무영의 손을 잡아끄는 것을 잊지 않았다.

대무영은 씁쓸한 표정이었으나 이미 엎질러진 물이고, 어쩌면 이러는 것이 더 나을 수도 있을 것이라는 생각으로 애써 지금 상황을 위로했다.

명야루가 있는 섬은 남과 북이 칠백여 장이고 동과 서가 천오백여 장의 거리로 다리 쪽에서 보는 것보다는 훨씬 큰 규모였다.

동쪽, 즉 다리 쪽에서 보면 섬의 남과 북 칠백여 장만 보이는데 그곳에 명야루가 위치해 있다.

그리고 다리의 반대쪽 서쪽에 또 다른 전각군이 있으며 명야루와 전각군 사이의 거리는 오십여 장으로 무성하게 숲을 이루고 있다.

 섬 전체로 놓고 봤을 때 명야루가 칠 할을 차지하고 전각군이 섬의 삼 할 정도를 차지하고 있었다.

 명야루 쪽에는 웬만한 포구와 맞먹는 규모의 포구가 갖추어져 있으며, 여러 척의 유람선이 불을 환하게 밝힌 채 정박하여 출항 준비를 서두르고 있었다.

 출항 준비란 다름이 아니라 손님들을 태우고 서호를 돌면서 기녀들과 물 위에서 술잔치를 벌이는 것이다. 손님 중에서 유람선에서 놀기를 원하는 사람을 위한 것이다.

 대무영과 도해는 명야루의 여러 채의 전각 중에서 가장 높은 구층누각 꼭대기 구 층으로 안내되었다.

 두 사람이 처음 안내된 방은 매우 크고 화려했으나 잠시 후에 하녀들이 들어와서 한쪽 벽을 이루고 있는 문을 여는데 그것은 병풍처럼 차곡차곡 접히는 문이었다.

 그렇지 않아도 큰 방인데 병풍식 벽을 접으니까 크기가 두 배가 되었다.

 하녀들은 그곳뿐 아니라 그 다음 방의 벽도 그런 식으로 접어 열더니 오래지 않아서 구 층 전체를 탁 트인 매우 넓은 공간으로 만들었다.

 폭이 무려 십오 장에 이르고 동쪽과 남쪽, 북쪽에 커다란 창이 나 있으며 서쪽만 막혔다.

서쪽은 섬의 서쪽에 있는 전각군이 있는 방향이다. 창을 통해서 내려다보이는 것을 막으려는 의도인 것 같았다.

대무영과 도해는 모두들 술에 취해서 잠든 새벽에 전각군에 잠입하기로 입을 맞추었기에 구태여 의심을 살 행동을 할 필요는 없다.

두 사람은 왼쪽으로는 호수가, 오른편으로는 서천국이 한눈에 굽어보이는 남쪽 창가의 바닥에 놓인 푹신한 호피 가죽 앉은뱅이 의자에 나란히 앉아서 하녀들이 준비를 마치기를 기다렸다.

호피 의자가 두 개 놓여 있지만 도해는 호피의 하나에 둘이 앉아도 충분하다면서 대무영의 호피 의자에 그와 딱 붙어서 앉았다.

명야루의 오 등급 중에서 최상급은 더 이상 오를 데가 없는 '천상(天上)'이라고 하며, 명야루 내에서는 손님이 원하는 모든 것을 할 수 있다고 한다.

또한 명야루 최고기녀인 파로(芭露)와 서가(西佳) 둘의 접대를 받을 수 있으며, 물론 동침도 할 수가 있다.

또한 하룻밤만이 아니라 명야루에 머물 수 있는 기간이 최대 열흘까지 가능하다.

하여튼 명야루에 머무는 동안에는 황제가 부럽지 않은 지상최고의 호사를 누릴 수 있다.

명야루 최고의 두 기녀 파로와 서가는 얼마 전까지 천하제일미녀의 양대산맥이었던 옥봉검신 우지화와 천절가인 해란화의 뒤를 잇는 천하절색의 미녀라는 소문이 자자했었다.

대무영은 창 쪽으로 돌아앉아서 창밖 아래쪽의 풍경을 굽어보고 있는데 도해가 그의 몸에 비스듬히 기댄 듯한 자세로 전음을 보냈다.

[오늘 밤에 할 거예요?]

[그래.]

대무영도 제법 익숙해진 전음으로 대답했다. 그는 몇 달 전에 도해에게 전음을 배웠다.

그의 대답에 도해는 갑자기 뾰로통하여 입술을 내밀고 종알거렸다.

[꼭 해야만 해요?]

[응.]

[흥! 순 색마야.]

대무영은 그녀가 왜 그런 소리를 하는지 알 수 없었으나 내버려 두었다.

둘은 동상이몽을 꾸고 있다. 대무영은 도해가 '오늘 할 거냐'고 물은 것을 새벽에 전각군에 잠입할 것이냐는 뜻으로 받아들였고, 도해는 오늘 밤에 기녀들하고 정사를 할 것인가를 물은 것이었다.

하녀들이 분주하게 드나들면서 요리상을 차리고, 그 옆 넓은 곳에서는 악사들이 연주를 하고 무희들이 춤을 출 공간을 정리하고 있다.

도해는 자신들에게 신경을 쓰는 사람이 없다는 것을 확인하고는 그에게 몸을 더욱 밀착시키며 섬섬옥수를 재빨리 그의 괴춤 속으로 집어넣었다.

[그렇다면 나도 끼워줘요.]

그녀는 향격리랍에 있을 때나 삼족오일선을 타고 중원으로 오는 동안 다른 사람들이 주위에 있으면 절대로 대무영 근처에도 가지 않았었다.

그러나 단둘이 있게 되면 즉시 돌변했다. 천하에 색녀도 그런 색녀가 없을 정도로 대무영을 괴롭혔었다.

그렇다고 해서 대무영이 진짜 괴로웠던 것은 아니다. 괴로웠다면 진작 어떤 조치를 취했을 것이다.

두 사람에게 서로는 처음으로 정사를 한 상대나 마찬가지이기 때문에 서로를 길들여 가면서 정사나 그에 수반되는 모든 행위를 즐겼다.

대무영은 건성으로 물었다.

[무얼 말이냐?]

[이따가 기녀들하고 할 때 같이해요.]

대무영은 그제야 조금 전에 그녀가 했던 말뜻을 알아차렸다. 그리고 그녀의 말인즉 이따가 기녀들하고 할 때 자신도 함께 단체로 정사를 하자는 것이다.

대무영은 그녀가 무슨 얘기를 하는지 알아차리고 실소를 흘렸다.

그러나 대무영은 그런 데에는 별로 관심이 없다. 명야루에 들어오기 전부터 그는 오로지 해란화 등의 행방과 적사파울에 대해서만 생각하고 있었다.

그나저나 도혜의 익숙한 손놀림에 대무영의 음성은 금세 커다랗게 발기했다.

[네 머릿속에는 오로지 그 생각뿐이로군.]

도혜는 혀를 내밀고 무언가를 핥는 시늉을 하면서 요염한 표정을 지었다.

[당신만 보면 잡아먹고 싶은 걸?]

그때 두 사람 등 뒤에서 미풍에 흔들리는 나뭇잎 같은 여자의 목소리가 들렸다.

"인사드리겠어요."

그 목소리를 듣는 순간 대무영은 온몸에서 살기가 뿜어지려는 것을 간신히 억제했다.

'적아!'

남소현 압하 강변의 기루 광명루에서 만났던 적사파울의

딸 적아의 목소리가 분명했다. 대무영이 어떻게 그 목소리를 잊을 수 있겠는가.

그녀가 대무영이 마시는 술에 춘약을 탔으며, 강제로 고독을 주입한 소연과 정사를 하게 만든 장본인이었다.

굳이 그게 아니더라도 적아는 천참만륙 죽여 마땅한 적사파울의 첫째 딸 장녀다.

도해는 잡고 있던 대무영의 음경이 갑자기 움찔하면서 더욱 크고 단단해지는 것을 느꼈다.

그래서 그가 방금 들린 목소리 때문에 그런 반응을 하는 것이라고 짐작했다.

대무영은 천천히 돌아서 앉으며 문으로 들어서고 있는 여자들 중에 한 여자의 얼굴에 시선을 고정시켰다.

옷차림이 다르고 모습이 조금 변했으나 일 년 전 광명루에서의 적아가 틀림없었다.

그때에 비해서 조금 수척한 모습이지만, 키가 크고 늘씬한 체구에 갸름한 얼굴 윤곽, 눈매가 거무스름하며 우수에 젖은 듯한 눈빛을 지닌 서글서글한 미모만큼은 오히려 예전보다 더욱 성숙하게 보였다.

대무영은 속에서 활화산 같은 분노의 불길이 솟구쳤으나 눈빛과 표정은 더없이 담담했다.

지금 이 자리에서 분노 아니라 그 비슷한 것이라도 내비쳤다가는 모든 게 수포로 돌아가고 만다.

 문득 들어서다가 대무영 다섯 걸음 앞에 멈춘 적아의 시선이 그의 아랫도리로 향했다.

 도해의 손이 여전히 그의 괴춤 속에 팔뚝까지 들어가서 만지작거리고 있는 것을 보는 것이다.

 대무영이 움찔 긴장하고 또 갑자기 돌아앉는 바람에 도해는 손을 빼야 한다는 것을 깜빡했다.

 그렇다고 뒤늦게 허둥거리면서 손을 빼는 모습은 더 어색하게 보일 것 같아서 가만히 있었다.

 더구나 그녀는 이런 면에서는 매우 당당한 편이다. 내 남자 것 내가 만지는데 뭐가 어떠냐는 생각이다.

 또한 그녀는 대무영을 매우 자랑스럽게 여기고 있으며, 이 불여우 소굴 속에서 내 남자는 내가 지켜야 한다는 사명감에 불타오르고 있었다.

 적아는 최상급 천상의 손님 둘 중에서 한 명이 남장 여자라는 보고를 이미 받았다.

 하지만 남장 여자가 다른 남자의 괴춤 속에 손을 넣은 채 아무렇지도 않게 음경을 조물락거리고 있는 광경을 목격하게 될 줄은 예상하지 못했었다.

 그러나 산전수전 두루 겪은 그녀는 별로 놀라지 않고 오히려 살포시 미소를 짓는 여유까지 내보였다.

그녀는 눈앞의 광경을 보고 오늘 밤의 천상급 두 손님은 다루기 쉬울 것이라고 내심으로 판단을 내렸다.

아직 술상이 다 차려지기도 전에 저런 음탕한 짓거리를 버젓이 하고 있는 손님들이라면, 머릿속에 든 것이 그 짓거리밖에 없을 테니까 어렵지 않게 껍데기까지 벗겨 버릴 수 있다고 확신했다.

대무영은 도해가 자신의 음경을 만지고 있는 것이 신경 쓰였으나 내버려 두었다.

평범한 사람들이 있는 장소에서라면 이것은 있을 수도 없는 행동이지만 이곳은 특별한 장소다. 그러므로 이것은 거기에 맞는 특별한 행동일 수도 있다.

또한 오히려 이런 안하무인격의 행동이 적아의 눈에는 강호의 방탕한 고수쯤으로 보일 수 있으므로 그녀를 안심시킬 수도 있을 것이라는 생각마저 들었다.

그것보다 대무영은 적아가 자신을 알아보는지의 여부가 더 신경이 쓰였다.

무영단원들이 그의 덥수룩하게 수염을 기른 모습을 보고는 삼십대 중반의 완전히 딴 사람 같다고 입을 모으기는 했으나 적아가 어떻게 볼지 그것이 문제다.

만약 그녀가 대무영을 알아본다면 그것으로 끝장이다. 적의 심장부에서 발각되는 것이기 때문이다.

그러나 적아의 표정으로 봐서는 대무영을 전혀 알아보지 못한 것이 분명했다.

그를 주시하는 그녀의 얼굴이나 눈빛에 변화가 없다. 설마 대무영이 자신들의 안방까지 쳐들어올 줄은 꿈에서도 예상하지 못할 것이다.

그런 데에는 도해의 음탕한 행동이 어느 정도 도움이 된 것 같았다.

명야루에 은자 백만 냥을 내고 천상급으로 들어온 것이나, 지금 같은 음당한 행동이 노움이 된다는 것은 개똥도 약에 쓰인다는 것이나 다름이 없는 일이다.

적아는 대무영과 도해를 향해 날아갈 듯이 우아하게 절을 올렸다.

"천첩은 이곳 명야루의 루주인 보현(普賢)이라고 해요."

적아와 함께 들어온 양쪽의 두 여자는 더 깊숙한 자세로 공손히 예를 취했다. 사실은 그 두 여자가 진짜 명야루주와 총관이다.

적아라는 이름은 본명이 분명할 텐데 그녀는 자신을 보현이라고 소개했다.

왜 다른 이름을 사용하고 있는지는 알 수가 없으나 중요한 일이 아니다.

대무영은 고개를 끄떡이고 나서 아무 말도 하지 않고 천천히 주위를 둘러보았다.

하녀들은 어느새 정리를 다 마치고 요리상을 차린 후에 물러났다.

황제나 받아봤을 듯한 굉장한 요리상에서 그윽한 요리 향기가 실내에 풍기고 있었다.

적아는 대무영과 도해가 누구냐고 묻지 않았다. 물을 필요도, 그들이 누군지 궁금하지도 않다. 명야루의 목적은 돈을 버는 것이다.

남북금창이 차례로 다 털리고, 고관대작들에게 더 이상 뇌물을 줄 수 없는 형편이라서 다른 사업은 눈물을 머금고 다 접어야만 했었다.

그러므로 현재 적사파울에겐 보천기집밖에 남아 있지 않은 상황이다.

하지만 돈을 달라고 손을 벌리고 있는 곳은 너무 많은데 수입은 한정이 되어 있어서 보천기집을 이용하여 돈을 버는데 혈안이 되어 있다.

강남 최고의 명성을 누리고 있는 명야루는 예전 같으면 손님을 가려서 받았었다.

그러나 지금은 찬밥 더운밥 가릴 시기가 아니다. 그저 돈만 많이 쓰면 최고의 손님인 것이다.

예전에는 명야루 입구에서 밀려드는 손님들을 심사, 분류하는 것이 매우 까다로웠다. 하지만 지금은 돈만 내면 무조건 받아들이고 있다.

적아는 십여 년 만에 찾아온 일 등급 천상의 손님이 돈을 매우 많이 갖고 있다는 보고를 받았다.

그래서 어떻게 하든지 이 손님들을 명야루에 오래 붙잡고 있으면서 온갖 수단과 방법을 가리지 않고 돈을 많이 쓰도록 할 계획이다.

적아는 한껏 우아하고 요염한 몸짓과 표정을 지으면서 대무영과 도해를 바라보았다.

"천첩의 명야루에 얼마나 머무실 계획이신가요?"

모든 손님은 하룻밤만 묵을 수 있으나 천상급은 예외다. 명야루 입구에서 손님들을 심사, 분류하는 중년 여인의 보고에 의하면 이 두 손님은 최소한 은자 천만 냥 이상을 지니고 있다고 했다.

이런 손님들은 가겠다고 해도 바짓가랑이를 붙잡고 더 있으라고 애원을 해야 한다.

만약 이들이 명야루에 오래 머문다면 그 돈을 다 내놓고 떠나도록 하는 것이 적아의 목적이다.

도해는 한손은 여전히 대무영의 괴춤에 들어가 있는 상태에서 태연하게, 그리고 부자들이 늘 그렇듯이 거만한 표정으로 말했다.

"목적을 이룰 때까지 있을 생각이오."

그녀는 자신이 남장을 했다는 사실이 발각됐다는 사실을 전혀 느끼지 못하고 있었다.

그러면서도 남장을 한 자신이 남자인 대무영의 음경을 만지고 있는 모습이 다른 사람들에게는 어떻게 보일지에 대해서는 생각이 미치지 않는 듯했다. 이른바 신선놀음에 도끼자루가 썩는 줄 모르고 있는 것이다.

적아는 눈을 빛냈다.

"공자님들의 목적이 무엇인지 천첩이 알면 도와드릴 수 있을 것 같군요."

도해는 눈빛을 음탕하게 만들었다.

"이런 곳에 온 목적이 뭐겠소?"

그러면서 대무영 괴춤 안에서 그녀의 손이 더욱 활발하게 움직였다.

기다렸던 대답을 들은 적아는 배시시 아름다운 미소를 지었다. 무슨 뜻인지 알아들었다는 뜻이다.

"천첩은 전력을 다해서 공자님들의 목적이 이루어질 수 있도록 노력하겠어요."

기루에 온 목적이야 물어보지 않아도 뻔하다. 적아는 저 두 명의 약간 덜 떨어진 것 같은 손님을 며칠 안으로 발가벗겨서 내쫓을 자신이 있다.

第七十九章
적과의 동침

적아는 초강수를 두었다.

이곳 구 층 천상급에 있는 두 손님을 맞이하기 위해 명야루 일급기녀 열 명이 들어왔다.

뿐만 아니라 여자, 아니, 어린 소녀들로만 이루어진 열 명의 악사와 이십 명의 무희까지 동원되었다.

하지만 구 층 전체를 다 터서 매우 넓었기 때문에 그 정도 사람으로는 전혀 붐비지 않았다.

문제는 그게 아니다. 들어온 모든 사람이 하나같이 나신이라는 사실이다.

실오라기 한 올 걸치지 않은 소녀 악사들이 악기를 안고 들어와서 창 앞에 정렬하여 연주를 했고, 잠시 후에 역시 알몸의 아리따운 소녀 기녀 이십 명이 일렬로 하늘거리면서 들어와 춤을 추기 시작했다.

그게 바로 적아의 계책이자 강수를 둔 것이다. 이 정도면 초반부터 기선을 제압할 수 있을 것이라고 믿었다.

적아는 도해를 남장 여자로 알고 있으나 그녀보다는 대무영에게 초점을 맞추었다.

그가 도해의 윗사람이라고 짐작했다. 또한 다른 사람들이 보고 있는데도 남장 여자 도해가 자신의 음경을 주물럭거리고 있는 것을 내버려 두고 있는 것으로 미루어 그를 대단한 색마라고 판단한 것이다.

해서 아예 명야루 일급기녀들, 그것도 가장 아끼는 어린 소녀들을 홀딱 벗겨서 들여보내 한꺼번에 군무(群舞)를 추게 하면 그가 환장해서 눈이 뒤집힐 것이라고 확신했다.

미모가 무희나 기녀들만큼은 아니지만 소녀로만 구성된 악사들도 다들 아름답고 늘씬한 몸매의 소유자이다.

돈 많은 얼치기의 껍질을 벗겨 먹으려는데 적아가 소홀할 리가 없다. 그녀는 나름대로 치밀한 계획을 세웠다.

"마음에 드시나요?"

적아는 이 정도면 대무영이 초장부터 침을 질질 흘릴 것이라고 자신만만한 표정으로 물었다.

대무영은 눈을 반쯤 뜬 채 자신의 서너 걸음 앞쪽에서 빙글빙글 돌면서 군무를 추고 있는 이십 명의 나신 기녀들을 지그시 바라보고 있다. 그 표정은 마치 기녀들의 군무에 심취한 것처럼 보였다.

기녀들은 나비처럼 하늘하늘 춤을 추면서 여러 대담한 동작들을 취했다.

대무영 쪽으로 뒷모습을 보인 상태에서 두 다리를 넓게 벌린 채 두 손으로 바닥을 짚는 동작을 취하는가 하면, 무릎을 꿇고 엎드린 자세에서 궁둥이를 높이 쳐들기도 했다. 그런가 하면 그를 향해 다리를 벌리고 서서 상체를 한껏 뒤로 젖히며 음부의 깊숙한 곳까지 적나라하게 노출시키는 것도 서슴지 않았다.

그뿐 아니라 기녀들끼리 서로 몸을 비비고 성행위를 하는 음탕한 동작을 취하기도 했다.

소녀로만 이루어진 기녀들은 하나같이 십칠팔 세의 파릇파릇한 나이에다가, 미모면 미모, 몸매면 몸매 어느 것 하나 흠잡을 데가 없었다.

또한 자신들이 그런 춤을 춘다는 사실 때문에 수줍음으로 얼굴을 붉히고 조금씩 몸을 웅송그리는 동작을 취하는 것이 더욱 욕정을 자극하고도 남았다.

그런데도 대무영은 기녀들을 보고 있는 것이 아니라 눈을 반개한 채 허공을 응시하는 듯한 모습이다.

그것은 마치 기녀들에게는 관심이 없고 수염 달린 남장 여자 도해가 자신의 음경을 주무르고 있는 것에 더 욕정이 솟구치는 듯한 모습이다.

사실 대무영은 군무를 추는 어린 기녀들을 보고 있는 것이 아니라 어떻게 하면 명야루 서쪽에 있는 전각군에 잠입할 것인가를 궁리하고 있는 중이다.

그러면서 한편으로는 기녀들을 보면서 예전 광명루에서의 어린 소연을 떠올리기도 했다.

그 당시의 소연은 겨우 십오 세였으며 채 피지도 않은 꽃봉오리처럼 어렸었다.

적아의 눈이 좁아졌다. 대무영이 기녀들에게 별로 관심이 없다는 것을 감지했기 때문이다.

하지만 그녀가 준비한 것은 이제 시작이고, 어린 기녀들의 군무는 맛보기일 뿐이다.

도해는 의기양양했다. 대무영을 보니까 눈을 반개하고 있는 모습이 자신의 현란한 손동작 주무름에 푹 빠진 듯하기 때문이다.

'헤헤헤! 역시 내 솜씨는 대단하다니까.'

적아는 두 번째 준비된 것을 시작하기 전에 고혹적인 목소리로 대무영에게 물었다.

"상공, 따로 원하는 것이 있으신가요?"

대무영은 표정조차 변하지 않고 여전히 눈을 반개한 모습인데 도해가 눈을 살짝 치뜨고서 적아를 보며 묘한 표정을 지었다.

"모두들 벗고 춤을 추는데 어째서 루주는 여전히 옷을 입고 있는 것이오?"

"……"

설미 그런 요구를 할 줄은 예상하지 못했던 적아는 움찔하며 벌레를 씹은 표정으로 변했다. 괜히 물어봤다는 후회가 밀려들었으나 때는 늦었다.

도해는 대수롭지 않은 듯 적아에게 말했다.

"벗기 싫으면 안 벗어도 되오."

적아는 노련한 여자지만 이런 상황에서는 노련함 같은 것이 그다지 소용이 없었다.

적아는 대무영을 슬쩍 쳐다보면서 협박 제일발을 날렸다.

"형님, 이 집 술맛 형편없는 것 같지 않아?"

대무영을 너무도 자연스럽게 '형님'이라고 불렀다.

대무영은 앉은뱅이 의자에 비스듬히 앉은 자세로 가볍게 고개를 끄떡였다.

"그런 것 같구나."

적아는 착잡한 표정을 지었다.

'이것들이 노골적으로 협박을 하는구나.'

그런 줄 알지만 뭐라고 항의할 수가 없다. 칼자루는 대무영과 도해가 쥐었기 때문이다.

적아가 여전히 다소곳이 앉아서 고개를 숙이고 있는 것을 보고 도해는 결정적 협박 제 이발을 던졌다.

"형님, 어디 술맛 좋은 다른 기루에 갈까?"

"나는 너만 따르마."

급조된 데다가 성별까지 다른 남녀 형제는 환상의 찰떡궁합을 보이고 있다.

"그럼 갑시……."

"벗을게요!"

도해가 묵직한 궁둥이를 일으키려고 하자 적설이 움찔 놀라 급히 외쳤다.

그런데 그 소리가 그녀 자신이 들어도 창피할 정도로 절규에 가까운 외침이었다.

평소에는 자신을 감히 똑바로 바라보지도 못하는 수십 명의 소녀가 보는 가운데 적아는 입술을 깨물고 한 꺼풀씩 옷을 벗기 시작했다.

"다들 들어라. 우리가 한 잔 마시면 너희들은 두 잔씩 마시는 게 어떠냐?"

도해가 불쑥 요구했다. 어느 한 명에게 하는 말이 아니라 전체에게 한 것이다.

두 잔씩 마시는 게 어떠냐고 물었으나 그것이 명령이라는 사실을 모르는 사람은 아무도 없다.

도해는 적아와 모든 기녀가 놀란 표정으로 자신을 주시하는 것을 즐기는 듯 야릇한 미소를 지었다.

"그때마다 은자 백 냥씩 주겠다."

탁!

그러면서 도해는 품속에서 전표 뭉치를 꺼내 그 가운데 백만 냥짜리 꼬깃꼬깃한 것을 펼쳐서 탁자에 내려놓으며 호기롭게 외쳤다.

"이것만큼 은자로 가져와라."

도해의 말에 모두들 깜짝 놀라더니 곧 눈이 반짝반짝 빛을 발했다.

이곳에 있는 여자들치고 돈이 절실하지 않은 사람은 한 명도 없다.

모두 돈 때문에 어린 나이에 기녀가 되었고 악사나 무희가 되었으니 돈에 포한이 맺혀 있다.

더구나 이들은 아직 손님을 한 번도 받아본 적이 없는 명야루 비장의, 그리고 회심의 무기다.

 이들은 지금까지 혹독한 교육과 수련만 받아왔다. 즉, 천상급의 손님만을 위한 최상품들인 것이다. 그러므로 아직 직접 돈을 벌어본 경험이 없다. 그러나 돈을 준다는 말에 모두들 본능적으로 눈이 반짝거렸다.

 적아는 조금 전에 도해가 요구했던 대로 전라의 몸이 되어 있었다.

 그녀뿐만 아니라 함께 있는 진짜 명야루주와 총관도 마찬가지 전라의 몸이다.

 사실 적아는 보천기집의 총루주라는 신분이지 명야루주는 따로 있다.

 하지만 오늘 십여 년 만에 천상급의 큰 손님이 왔다는 소리에 그 손님의 껍질을 벗기려고 자신을 명야루주라고 소개하면서 직접 나섰다가 운 나쁘게도 작은 봉변을 당하고 있는 중이다.

 그렇지만 봉변 같은 것은 백 번 천 번 당해도 상관이 없다. 돈만 벌 수 있다면 그것으로 족하다.

 도해는 벌써 발그레 취기가 오른 얼굴로 한쪽의 무희들과 악사들에게도 소리쳤다.

 "하하하하! 저기, 무희들과 악사들 모두 마셔라. 너희들도 두 잔 마실 때마다 백 냥씩 주마!"

실내의 모든 사람이 적아를 주시했다. 그녀가 허락해야 하기 때문이다.

설혹 허락을 한다고 해도, 그리고 이곳에 있는 사람들이 술을 아무리 마시더라도 적아가 돈을 깡그리 쓸어 가버리면 말짱 개털이 돼버리는 것이다.

적아는 머리카락을 쓸어 올리는 시늉을 하면서 자신들만 아는 은밀한 손짓으로 백 냥 중에 열 냥을 주겠다는 신호를 보냈다.

그러자 모두의 얼굴에 기쁜 기색이 역력하게 떠올랐다. 적아에게 구십 냥이나 뺏긴다는 사실에 대해서는 조금도 아까워하지 않고 자신들이 열 냥을 벌 수 있다는 생각만 했다. 순진한 것인지 어리석은 것인지 모를 일이다.

다만 스무 잔을 마시면 백 냥이고, 마흔 잔을 마시면 이백 냥을 벌 수 있다는 생각만 머릿속에 가득했다.

반대로 적아는 졸지에 손도 대지 않고 코를 풀 수 있는 돈벌이라서 희희낙락했다.

사십 명이 두 잔을 마실 때마다 은자 삼천육백 냥이 저절로 굴러들어오는 것이다.

열 잔을 마시면 만팔천 냥이고, 스무 잔이면 삼만육천 냥, 사십 잔이면 칠만이천 냥이다.

명야루주나 총관이 모두에게 많이 마시라고 은근한 협박

을 가한다면 한 사람당 백 잔은 마실 수 있을 터이다. 그러면 그게 도대체 얼마라는 말인가.

적아는 그걸 계산하느라 머릿속이 정신없이 분주했다. 어린 기녀들이나 악사, 무희들이 좀 무리는 하겠지만, 그 정도로 죽지는 않을 것이다.

그녀들도 마시면 마실수록 돈을 벌고 적아도 돈을 버는 일이니까 그야말로 누이 좋고 매부 좋은 일이다.

더구나 이런 식으로 살살 꼬드겨서 또 다른 방법을 계속 사용하면 대무영과 도해가 돈을 더 내놓을 것이다.

그렇다면 천만 냥을 송두리째 뺏는 일은 식은 죽 먹기나 다름이 없다.

커다랗고 낮은 탁자에 산해진미가 가득 차려져 있으며, 대무영과 도해를 제외한 모든 여자가 나신으로 바닥에 둘러앉아서 술을 마시고 있다.

대무영과 도해를 제외한 기녀들과 악사, 무희들은 모두 나신이라서 처음에는 행동이나 앉는 자세에 매우 신경을 쓰는 것 같았다.

그러나 시간이 지나고 술에 취하다 보니까 방만한 자세와 행동을 하게 되어 가히 진풍경이 벌어지고 있었다.

대무영 왼쪽에는 도해가 한 몸처럼 찰싹 달라붙어 있고, 두 사람 좌우에 기녀들이 앉아서 술 시중을 들고 있다.

"상공, 이 아이들은 모두 동기(童妓)예요."

대무영 오른쪽에 나란히 앉아 있는 기녀 둘 건너에 벌거벗고 무릎을 꿇은 채 앉아 있는 적아가 쑥스러움을 겨우 이겨내고는 자랑스러운 듯 기녀들을 두루 가리키며 묻지도 않은 것을 설명했다.

말인즉 이곳에 있는 어린 기녀는 모두 순결한 몸이라는 뜻이다.

사내들이라면 어느 누구라도 어린 소녀를 좋아하고, 더구나 순결한 몸이라고 하면 눈이 뒤집힐 정도로 환장한다. 적아는 그런 뜻에서 동기라는 말을 꺼낸 것이고, 대무영이 반응을 보일 것이라고 확신했다.

대무영은 적아를 힐끗 쳐다보았다. 아주 짧은 순간 그의 눈빛이 '그게 뭐 어쨌다는 것이냐? 이 아이들도 소연처럼 고독을 심어놓았고, 그래서 또 나에게 춘약을 먹여서 강제로 겁탈을 하게 만들 생각이냐?'라고 소리쳤다.

문득 대무영은 머릿속을 스치는 기발한 방법이 떠올라서 적아에게 고개를 끄떡였다.

"루주가 이리 오게."

"네?"

적아는 대무영의 말뜻을 분명히 알아들었으나 예상하지 못했던 일이라서 의아한 표정을 지었다.

그러나 대무영은 두 번 말하지 않고 고개를 돌려 무희들이 춤을 추고 있는 것을 바라보았다.

적아가 오고 싶으면 오고 싫다면 그만두라는 뜻이다. 그렇지만 사실은 이런 식의 요구가 상대로 하여금 더 거부를 못하게 만든다.

오라고 강요를 하면 어떻게라도 변명을 늘어놓을 텐데, 오든 말든 네 맘대로 하라는 식이라면 필경 거기에 어떤 식의 보복이 따를 것이기 때문이다.

무희들은 악사들의 연주가 끝나고 잠시 쉬는 시간을 이용하여 악사들과 함께 탁자로 우르르 달려와서 엎어지듯이 둘러앉아 술을 마시느라 정신이 없다.

전라의 그녀들이, 더구나 아직 앳된 소녀들이 부끄러운 줄도 모르고 눈처럼 희고 뽀얀 궁둥이와 젖가슴을 출렁출렁 흔들면서 달려들어 허겁지겁 술을 마시는 광경은 돈 주고도 못 볼 광경이며 또한 전쟁터를 방불케 했다.

기녀들과 무희, 악사들은 술을 가득 채운 술잔 두 개를 자신들의 앞에 놓고 대기하고 있다가 대무영과 도해 둘 중 한 사람이 술 한 잔을 마시면 자신들도 재빨리 두 잔을 연거푸 마셨다. 그리고는 앞 다투어 팔을 번쩍 치켜들었다.

자신은 두 잔을 다 마셨다는 뜻이고, 알아보기 쉬우라고 도해가 그렇게 시켰기 때문이다.

그러면 도해는 자신의 뒤쪽에 놓인 커다란 상자에 가득 담긴 은자 더미에서 백 냥을 꺼내 손을 든 소녀들에게 던져주었다.

쩔그렁! 쩔렁!

도해의 손놀림은 정확했다. 은자 더미에 한 번 손을 넣었다가 꺼내면 정확하게 백 냥이 집어졌으며, 손을 들고 있는 소녀들에게 슬쩍 던지면 은자 백 냥이 뭉쳐져서 날아가 소녀 앞 탁자에 정확하게 내려앉았다.

그 행동이 한 번으로 그치는 것이 아니라 부지런히 돈 상자 속을 들락거리며 연이어졌다.

더구나 그녀는 오른손으로는 술을 마시면서 왼손으로 손이 보이지 않을 정도로 빠르게 은자를 꺼내서 던지는데 한 치의 실수도 없다. 마치 태어나기 전부터 이런 놀이를 줄곧 해왔던 사람 같았다.

뿐만 아니라 누가 술을 두 잔 마시고 마시지 않았는지도 훤하게 꿰고 있다.

하지만 아직 이십 세가 되지 않은 악사들이나 무희들, 기녀들은 절대 도해를 속이지 않았다. 그런 점에서 그녀들은 아직 때가 묻지 않아서 매우 순진했다.

대무영의 말이 떨어진 지 세 호흡의 시간이 흐른 후에 적아는 살며시 일어나 대무영 오른쪽으로 와서 그곳에 있는 기녀들에게 비키라는 손짓을 하고는 그 자리에 조심스럽게 앉았다.

아무리 생각해도 지금 상황으로는 도저히 대무영의 말을 거역할 수가 없었던 것이다.

대무영은 그녀가 곁에 왔는지 신경도 쓰지 않은 채 느긋하게 술을 마셨다.

옆으로 오라고 했으면 뭔가 말을 해야 하는데 가타부타 신경도 쓰지 않았다.

적아는 대무영이 내려놓는 빈 잔에 얼른 두 손으로 공손히 조심스럽게 술을 따르는데 그는 그녀를 쳐다보지도 않고 술잔을 잡았다.

"자네는 은자가 필요 없나?"

"……."

적아는 움찔했다. 당연히 그녀는 자신까지 술을 마실 필요는 없다고 생각했었다.

두 잔 마시고 백 냥씩 받지 않아도 실내의 사십 명이 그 몇 십 배를 벌어줄 것이기 때문이다.

그게 아니더라도 그녀는 평소에 거의 손님 앞에 나서는 적이 없고, 나선다고 해도 예의로 술을 한두 잔 마시는 정도에 불과했었다.

대무영은 적아더러 은자가 필요 없냐고 물었다. 물론 적아로서는 그따위 푼돈을 벌기 위해서 술을 두 잔씩 마셔야 하는 수고 같은 것은 하기 싫다.

하지만 대무영의 물음은 말 그대로가 아니라 은유적인 압박이 실려 있는 것이다.

너도 똑같이 마시지 않으면 곤란한 상황이 벌어질 것이라는 협박이 밑바닥에 깔려 있음을 적아는 직감했다.

그리고 적아에게는 그것이 어떤 협박인지 한번 시험해 보고 싶은 용기 같은 것은 없다.

대무영이 자리를 털고 일어나변 천만 냥은커녕 백만 냥도 건지지 못할 것이기 때문이다.

사실 적아는 명야루주와 총관, 그리고 이마빡에 새똥도 벗겨지지 않은 새파란 동기들이 있는 곳에서 자신이 발가벗고 있다는 사실만으로도 이미 매우 불편한 심기다.

하지만 도해의 은근한 요구에 옷을 입고 버틸 용기가 나지 않았다.

알량한 자존심보다는 천만 냥이라는 엄청난 돈이 절실하게 필요했기 때문이다.

이왕 나신이 된 것, 적아는 애써 몸을 가리려고 하지 않고 당당한 자세를 취했다.

이십팔 세가 되어 무르익을 대로 무르익어 터지기 직전인 그녀의 몸매는 감탄이 절로 나올 만큼 대단했다.

군더더기라고는 하나 없이 미끈하고 또 지나치게 크지 않은 젖가슴과 한 줌밖에 되지 않을 듯한 잘록한 허리를 지니고 있었다.

 그리고 가냘픈 듯 탄력 있는 동그란 어깨와 팔, 곧게 뻗은 두 다리, 특히 눈에 띄는 것은 음부를 뒤덮고 있는 새카만 음모였다.

 그곳에는 한 번 들어가면 길을 잃어버릴 것 같은 원시림처럼 검은 숲이 무성했다. 또한 음모가 세로로 길게 띠를 이루어 배꼽 바로 아래까지 올라오면서 흐릿해지는데 묘한 매력을 풍기고 있었다.

 그녀는 무릎을 꿇은 채 풍만하고 탄탄한 둔부를 가지런히 뻗은 종아리 위에 얹고 허리를 꼿꼿하게 편 자세다.

 대무영의 방금 한 물음에 적아가 굳이 대답할 필요는 없다. 행동으로 보여주면 되는 것이다.

 그녀가 할 일은 자존심을 굽히고 다른 기녀들처럼 똑같이 행동하면 된다.

 한 번 망가졌는데 조금 더 망가지는 것쯤 무에 대수겠는가, 라고 생각한 적아는 자신이 방금 따른 술을 대무영이 마시자 재빨리 옆에 놓인 술잔을 집어 단숨에 마시고 또다시 한 잔을 부어 두 잔째 마셨다.

 그까짓 거 마시라면 못 마시겠는가. 취할 것 같으면 얼른 내공으로 취기를 몰아내면 된다고 그녀는 생각했다.

쩔렁!

도해가 적아를 힐끗 보며 그녀 앞에 은자 백 냥을 던지듯 내려놓았다.

자신 앞에 수북하게 놓인 은자 백 냥을 보고 적아는 또 다른 생각을 했다.

이런 식으로 스무 잔만 마시면 천 냥이고 이백 잔을 마시면 만 냥이다. 까짓 거 이왕이면 돈도 벌 수 있으니 그렇게 나쁜 일은 아니다.

대무영은 또 한 잔을 마시고 나서 적아가 급히 술잔을 입으로 가져가자 쳐다보지도 않고 조용히 중얼거렸다.

"우리 내공은 사용하지 말자고."

"큭!"

술이 막 목으로 넘어갈 때 그 말을 들은 적아는 움찔 놀랐다가 사래가 들고 말았다.

"콜록! 콜록! 컥! 컥……."

적아는 하도 기침을 해서 눈물이 그렁한 눈으로 대무영을 바라보았다.

무희들의 춤을 응시하고 있는 그의 옆모습을 주시하는 적아는 왠지 모를 위압감을 느꼈다.

타인에게 이런 감정을 느낀 것은 아버지 적사파울 외에는 난생처음 있는 일이다.

대무영이 말은 그렇게 했지만 적아는 그가 모르게 내공으로 취기를 몰아낼 수 있다.

그런데 그러다가 대무영에게 발각될지도 모른다는 이상한 불안감을 떨칠 수가 없었다.

그녀가 대무영의 옆얼굴을 빤히 주시하고 있는데 갑자기 그가 고개를 돌려 그녀를 쳐다보았다.

순간 적아는 숨이 콱 막혔다. 아주 짧은 순간이지만 대무영의 불타는 듯 이글거리는 눈빛이 그녀의 동공을 파열시키고 심장을 정지시키는 것 같았다.

입 주변과 코밑, 그리고 구레나룻까지 수염으로 뒤덮여서 코와 눈만 보이는 대무영의 얼굴이지만 너무도 강인하고 준수한 용모가 거기에 있었다.

부친 적사파울의 일을 헌신적으로 돕느라 단 한 번도 남자하고 사귀어본 적이 없는 적아는 한 뼘 거리에서 보는 대무영의 얼굴에 시선이 못 박힌 채 번갯불이 심장과 머리를 관통하는 강렬한 느낌을 받았다.

'이건 뭐지?'

슥……

대무영의 시선이 그녀의 얼굴에서 아래쪽으로 내려갔다. 그래서 그녀도 그의 시선을 따라서 고개를 숙이고 그가 무엇을 보는지 굽어보았다.

그가 보고 있는 것은 그녀의 젖가슴, 아니, 젖가슴 위에 매달려 있는 작은 유두였다.

단지 시선만 받았을 뿐인데 그녀는 유두로부터 강한 찌릿함이 전해져서 온몸으로 퍼지는 것을 느끼고 몸을 부르르 세차게 떨었다.

'이런……'

나이만 스물여덟 살이나 먹었지 한 번도 남자 경험이 없는 적아는 불길하면서도 그 속에서 반짝이는 기묘한 흥분과 쾌감을 느꼈다.

그녀가 살짝 고개를 들고 쳐다보니까 대무영의 시선이 조금 더 아래를 보고 있었다. 그의 시선을 따라서 자신의 몸을 굽어보던 그녀는 창으로 심장을 깊숙이 찔린 것처럼 움찔 몸이 떨렸다.

대무영이 보고 있는 곳은 그녀의 가지런히 모은 허벅지 가장 안쪽 깊숙한 곳이었다.

그곳에 검고 무성한 음모가 소담스러운 솔방울처럼 옹송그리고 있었다.

그녀의 몸이 팽팽하게 긴장되었고 허리가 구부러졌다. 그리고 온몸의 피가 얼굴로 몰렸다. 부끄러움인지 수치스러움인지 알 수 없으나 이대로 몸이 터져 버릴 것 같은 느낌이 들었다.

'이… 이놈! 죽여 버리고 싶다!'

적아는 이미 시선을 돌린 대무영을 무섭게 쏘아보며 자신에게 이런 괴이쩍고 복잡한, 그리고 돌아버릴 것 같은 느낌을 준 그를 죽이고 싶다고 이를 갈았다.

적아 옆에 앉아 있던 명야루주가 문을 향해 약간 혀가 꼬인 목소리로 말했다.

"들… 어와라."

반 시진밖에 지나지 않았으나 전라의 명야루주와 총관도 많이 취한 상태였다.

대무영과 도해가 번갈아가면서 한 잔 마실 때마다 그녀들은 두 잔씩 마시기 때문에 네 배나 빨리 취할 수밖에 없는 상황이었다.

총루주 적아가 연거푸 술을 마시고 있는 판국에 수하인 그녀들이 마시지 않을 재간이 없다.

그녀들도 무공을 할 줄 알아서 내공으로 취기를 몰아낼 수 있으나 적아가 그러지 않고 있기 때문에 수하인 그녀들은 엄두도 내지 못했다.

적아와 명야루주, 총관은 기루에 오래 있다 보니까 술이 몹시 센 편이다.

그녀들은 내공을 사용하지 않아도 대무영과 도해를 술로 쓰러뜨릴 때까지 버틸 수 있다고 확신했다.

과연 그녀들이 예상했던 것처럼 대무영과 도해는 술이 많이 취한 듯했다.

두 사람은 앉은 자세에서 상체가 이리저리 흔들거렸으며 혀 꼬부라진 소리로 중얼거렸다.

적아와 명야루주, 총관은 의미 있는 눈길을 교환하면서 조금만 더 마시게 하면 대무영과 도해가 인사불성이 될 것이라고 믿어 의심하지 않았다.

기녀들과 악사, 무희들은 대부분 많이 취해서 탁자에 엎어지거나 여기저기 쓰러져서 몸을 가누지 못했다. 절반 이상은 아무 곳에서나 술이 취해서 자고 있었다.

십오륙 명 정도가 아직 남아 있기는 하지만 쓰러지는 것은 시간문제일 듯했다.

어린 소녀들인데다 술을 마셔본 경험이 거의 없기 때문에 오래 버티지 못하는 것이다.

도해가 그녀들에게 술을 마시면 돈을 주겠다고 한 이유 중에 하나가 그녀들을 일찌감치 뻗게 만들어서 쉬도록 해주자는 것이었다. 그래야지만 이쪽에서도 일을 하기가 쉽기 때문이다.

그러는 편이 대무영 쪽이나 그녀들 쪽이나 다 좋을 것이라고 생각했다.

명야루주의 말에 문이 열리면서 누군가 들어오는 것 같더니 갑자기 그쪽 방향이 환해졌다.

사르락… 사락…….

명야루주의 들어오라는 말에 곧 긴 치마를 바닥에 끌면서 나란히 들어서고 있는 것은 두 명의 여자였다.

그녀들의 모습은 마치 방금 하늘에서 무지개를 타고 지상에 하강한 선녀처럼 신비로웠다.

그것은 그녀들이 선녀처럼 하늘거리는 옷을 입었기 때문만은 아니었다.

사람이면서 지닌바 아름다움과 고결함, 우아함 등이 천상의 그것 같아서 조금도 사람처럼 보이지 않았다.

그녀들이 바로 명야루의 최고기녀이며 새롭게 천하제일미녀로 떠오르고 있는 파로와 서가였다. 만약 그녀들이 기녀의 몸으로 명야루에 묶인 몸이 아니었다면 천하는 발칵 뒤집혔을 것이다.

취기가 꽤 오른 적아가 들어서고 있는 두 여자, 아니, 아직 이십 세가 되어 보이지 않는 두 소녀를 가리키며 큰 소리로 소개했다.

"저 아이들이 바로 본루의 자랑인 파로와 서가예요!"

대무영은 두 여자를 보면서 실망하는 표정이 흐릿하게 떠올랐다가 사라졌다.

명야루의 최고기녀가 혹시 해란화가 아닐까 하고 한 가닥 기대를 걸고 있었기 때문이다.

파로는 바라보는 것만으로도 죄를 짓는 것 같은 느낌이 들게 하는 아름다움과 고결함을 풍기는 소녀다.

그런데 서가의 모습이 특이했다. 허리까지 치렁치렁 기른 긴 머리카락이 노란색, 즉 금발이다. 마치 머리카락이 불타는 것처럼 눈부신 금발을 지니고 있었다.

뿐만 아니라 살결은 투명하리만치 흰데 중원 여사의 희고 뽀얀 살결하고는 차원이 다른 몸 전체를 백옥으로 조각한 듯 눈부신 백색의 살결이다.

그리고 어떻게 저토록 아름다운 색깔이 세상에 존재할 수 있을까 하는 의구심이 들게 만드는 투명한 녹색의 눈이 보석처럼 빛나고 있었다.

그녀의 기명(妓名)은 서가(西佳)다. 즉, 서쪽에서 온 아름다운 여자라는 뜻이다.

사실 서가는 파사국(波斯國:페르시아. 지금의 이란)에서 온, 아니, 노예로 끌려온 소녀였다.

명야루에 이처럼 아름다운 파사소녀가 있다는 사실이 조금 뜻밖이라는 생각이 들었지만 단지 그것뿐 대무영의 관심을 끌지는 못했다.

적과의 동침 59

그런데 나란히 서 있는 파로와 서가는 몹시 당황한 표정으로 허둥거렸다.

실내에서 대무영과 도해만 제외하고는 모든 여자가 다 전라의 모습으로 있었기 때문이다.

그뿐인가. 악기를 연주하거나 춤을 추거나 손님들을 접대하고 교태를 부리고 있어야 할 악사와 무희, 기녀들이 죄다 탁자 앞에 앉아서 흐느적거리면서 술을 마시고는 뭐라고 중얼거리면서 손을 번쩍번쩍 들고 있었다.

그 외의 소녀들은 여기저기 아무렇게나 쓰러져서 잠들어 있으니 파로와 서가가 놀라지 않을 수 없었다.

그때 적아가 대무영의 눈치를 살피다가 움찔했다. 그가 파로와 서가를 보면서 미간을 찌푸리고 있는 것을 발견했기 때문이다.

기실 대무영은 명야루의 최고기녀가 해란화일지 모른다고 기대를 하고 있다가 실망한 표정을 짓는 것이지만, 그런 것을 알 리 없는 적아는 달리 해석을 하고 파로와 서가에게 쨍하는 쇳소리로 명령했다.

"뭣들 하는 것이냐? 당장 너희들도 실오라기 한 올 걸치지 말고 다 벗어라!"

파로와 서가가 옷을 벗지 않아서 대무영이 못마땅하게 여기는 것이라고 오해한 것이다.

파로와 서가는 크게 당황해서 어쩔 줄 몰랐다. 선녀 같고 지상의 생명체가 아닌 것 같은 그녀들이 뭇 인간들처럼 당황하는 모습은 절로 안쓰러움을 자아내게 했다.

그러나 루주도 아닌 총루주의 명령은 목숨을 바쳐서 지켜야만 한다고 배운 파로와 서가다. 더구나 실내의 모든 여자가 나신으로 있었기 때문에 자신들만 예외일 수 없다는 생각도 들었다.

선택의 여지란 있을 수 없다. 파로와 서가가 매우 수줍어하면서 옷을 벗고 있는 동안 어느 정도 취기가 오른 적아는 그녀들을 가리키면서 의기양양하게 물었다.

"저 아이들 어떤가요? 예쁘죠?"

대무영은 말없이 고개만 끄떡여주었다.

"호호홋! 저쪽 아이가 파로인데 열아홉 살이고요. 이쪽 애는 파사국에서 왔으며 열여덟 살이에요."

대무영이 또다시 고개를 끄떡이자 그가 파로와 서가에게 관심이 있는 것이라고 판단한 적아가 그의 어깨를 슬쩍 건드리며 의미 있는 눈웃음을 쳤다.

"호홋… 아이들 눌 다 숫처녀에요."

술 때문에 용기가 생겼는지 아니면 교태를 부리는 것인지 적아는 대무영의 귀에 입술을 바짝 갖다 붙이고 달콤하게 속삭였다.

"저 아이들을 손님들 앞에 몇 번 내보내기는 했지만 거두려는 손님이 없더군요. 왜인 줄 아세요?"

대무영이 듣는 둥 마는 둥 가만히 있으니까 적아는 자신이 묻고 자신이 대답을 했다.

"저 아이들 순결 값이 너무 비싸기 때문이에요. 한 아이 당 백만 냥씩이거든요."

적아는 다른 사내들이 돈이 없어서 파로와 서가를 취하지 못했다는 사실을 말하면서 대무영의 허영심을 자극하려고 했다.

그녀는 술이 취해서 정신을 차리지 못하는 기녀들을 가리키며 얼굴을 살짝 찌푸렸다.

"보시다시피 저 아이들이 다 술이 너무 취해서 상공을 모시지 못하게 생겼으니 어쩌면 좋아요?"

대무영이 적아를 가까이 부른 것은 나중에 기회가 되면 그녀를 제압해서 심문을 해보려는 이유에서였다. 그러기 위해서는 여기보다 은밀한 장소에서 그녀하고 단둘이 있거나 최소한의 사람만 있어야 한다.

적아는 다시 한 번 입술을 대무영 귀에 붙이고 뜨거운 입김을 뿜으며 은근히 추파를 던졌다.

"사실 오늘 밤의 백미는 파로와 서가에요. 다른 아이들은 다들 들러리일 뿐이죠. 그러니까 상공께서 오늘 밤에 저 아이들을 거두시면 어떨까요?"

그때 대무영의 머릿속에서 좋은 생각이 번뜩여서 가볍게 고개를 끄떡였다.

"그러지."

"아… 과연 상공께선 영웅이시군요……!"

적아는 가식이 아니라 진심으로 기뻐서 이 순간에는 대무영이 정말 영웅처럼 여겨졌다.

사실 파로와 서가는 명야루의 현판 노릇을 하는 최고미녀이며 최고기녀이지만 그러면서두 애물단지다.

옛말에 고기는 씹어야 맛이고 여자는 품어야 맛이라고 했듯이, 명야루에서는 파로와 서가를 단지 손님들에게 보여주는 것만으로는 큰 돈벌이가 되지 못했다.

그녀들이 손님들과 잠자리를 해야지만 화대(花代)로 돈을 벌 수 있는 것이다.

그렇지만 명야루 최고기녀인 그녀들을 다른 기녀들처럼 헐값에 내놓을 수는 없는 일이다.

명야루의 일급기녀라고 해도 하룻밤 잠자리 시중을 들게 하는데 은자 삼백 냥이면 너끈하다.

그래서 손님들은 은자 만 냥 정도면 파로와 서가하고 잘 수 있을 것이라는 추측을 했고 실제 여러 손님이 그런 의견을 내놓았었다.

은자 만 냥이면 파로나 서가 둘 중 한 사람하고 잘 용의가 있다는 것이다.

일급기녀가 삼백 냥인데 파로와 서가를 만 냥이나 쳐준다는 것은 무려 삼십 배 이상의 파격이다.

제아무리 명야루 최고기녀라고 해도 명색이 기녀인데 은자 만 냥이면 대단히 큰 액수다.

하지만 적아로서는 애지중지하는 파로와 서가의 순결을 달랑 만 냥에 파는 것은 너무도 아까웠다.

아무리 못해도 십만 냥은 받아야지만 마지못해서 그녀들을 내놓을 수 있을 터이다.

그렇게 누군가 십만 냥을 내놓고 그녀들의 순결을 취해준다면, 그 다음부터는 파로와 서가를 손님들 잠자리에 은자 만 냥을 받고 내놓을 수가 있다.

문제는 대체 누가 그런 거액을 내놓고 파로와 서가의 순결을 거두어주겠느냐는 것이다.

그런데 방금 대무영이 오늘 밤 이백만 냥에 파로와 서가를 사겠다고 한 것이다.

만약 적아가 지금처럼 많이 취하지 않았다면 대무영에게 십만 냥쯤 불렀을 것이다.

술이 취했기 때문에 무려 일인당 백만 냥이라는 엄청난 객기를 부려봤는데 그것이 먹혀들었다.

적아는 속으로 자신이 취했다는 사실에 건배를 외치고 한 잔을 입속에 쏟아부었다.

옆에서 지켜보고 있던 총관이 재빨리 파로와 서가를 손짓으로 불렀다.

"너희는 어서 이리 오지 않고 무얼 하느냐?"

그 말에 대무영은 부지중 그곳을 쳐다보다가 눈빛이 가볍게 흔들렸다.

키가 엇비슷한 파로와 서가가 태어날 때처럼 실오라기 한 올 걸치지 않은 전리의 몸으로 나란히 이쪽을 향해 걸어오고 있는 모습을 발견했기 때문이다.

그녀들에게 전혀 다른 생각을 품고 있지 않은 대무영마저도 눈이 조금 커지면서 놀라움을 금치 못할 만큼 그녀들은 실로 아름다웠다.

그의 행동은 그녀들에게 음심이나 욕정을 느끼는 것하고는 차원이 다르다. 이것은 단지 순수한 아름다움에 대한 반사적인 느낌일 뿐이다.

파로와 서가의 나신은 인간이 아니라 신이 빚어낸 더 이상 완벽할 수 없는 조각 같았다.

대무영이 제정신으로 여자의 완전한 나신을 본 것은 도해가 처음이자 유일했었다.

도해의 나신은 어디 한 군데 흠이라곤 잡을 데 없이 훌륭하다. 그러나 뭐라고 꼬집어내지는 못하겠으나 도해는 파로와 서가에 비해서는 조금쯤 꿀리는 것 같았다.

"윽······."

대무영은 갑자기 낮은 신음을 흘리며 얼굴을 찌푸렸다. 파로와 서가의 나신에 잠시 넋이 팔려 있는 것을 보고 도해가 그의 음경을 힘껏 움켜잡았기 때문이다.

"너희 둘은 거기에 앉아라."

도해는 수줍게 걸어오고 있는 파로와 서가를 적아 옆에 앉도록 했다.

대무영은 작전을 시작했다. 그에게는 이곳의 기녀들이나 파로와 서가는 전혀 필요하지 않다. 그가 필요한 사람은 오로지 적아뿐이다.

어떻게 하든 그녀와 단둘이 아니면 최소한의 사람만 남는 분위기를 만들어야 한다.

그는 조금 취한 것처럼 상체를 흔들다가 바닥을 짚는 것처럼 오른쪽에 앉은 적아의 허벅지를 손바닥으로 슬쩍 짚었다.

평소 같으면 움찔 놀랄 일이지만 취한 상태인 적아는 '이건 뭐야?' 하는 시선으로 대무영의 손을 굽어보았다.

적아의 마음이 너그러워진 이유는 방금 전에 파로와 서가를 이백만 냥에 팔았고, 자신의 허벅지를 만진 손의 임자가 바로 그 이백만 냥을 지불할 사내이기 때문이다.

대무영이 그녀를 쳐다보면서 무슨 말을 하려는 듯 약간 얼굴을 내밀었다.

적아는 그가 무슨 말을 하는지 들으려고 상체를 기울여 그의 입에 귀를 갖다 댔다.

"너는 얼마냐?"

"……!"

적아는 분명히 그가 하는 말을 들었으나 순간적으로 무슨 뜻인지는 이해하지 못했다.

그래서 얼굴을 돌려 그를 쳐다보려는데 예기치 않았던 일이 벌어졌다.

"……."

"……."

막 말을 마치고 가만히 있는 대무영의 입술과 그녀의 입술이 정면에서 마주친 것이다. 즉, 전혀 본의 아니게 입맞춤을 하고 말았다.

그런 상황이 벌어질 것이라고는 적아는 물론 대무영도 전혀 예상하지 못했었다.

적아의 두 눈이 화등잔처럼 커지고 동공이 커졌다가 작아지기를 반복했다.

그 순간 대무영의 머릿속에서 수만 가지 생각이 복잡하게 얽히고설키다가 순식간에 하나의 결론이 내려졌다.

"너하고 자는 데는 얼마를 내야 하느냐?"

그가 말을 하자 크기가 그의 입술 절반도 되지 않는 적아의 도톰하고 빨간 입술을 간질였다.

찌리릿! 하고 굉장한 충격이 적아의 입술에서 비롯되어 삽시간에 온몸으로 퍼졌다.

그녀는 입술을 떼지 않은 채 눈을 동그랗게 뜨고 대무영의 눈을 말끄러미 주시했다.

입술이 맞닿은 것도 충격이지만 그가 방금 한 말이 더 큰 충격으로 휘몰아쳤다.

제정신이 아닌 그녀는 자신이 어째서 그의 입술에 계속 입술을 붙이고 있는 것인지 알 수 없었다. 이성은 마비됐고 한 조각 남아 있는 감성이 그냥 그대로 있으라고 요구하는 것 같았다.

대무영은 지금 이 순간 적아를 한주먹에 대갈통을 부숴 버리고 싶은 것을 간신히 눌러 참고 있다.

그렇게 인내심을 발휘할 수 있는 것은 그도 어느 정도 취했기 때문이다.

그의 최종 목적은 적사파울을 비롯한 그에 속한 모든 것을 죽이고 말살하는 것이다.

그러므로 이 정도의 하찮은 감정은 극복해야만 하고 충분히 그럴 수 있다고 믿었다.

그는 자신이 짠 계획의 뼈대를 이미 도해에게 얘기했으며, 그걸 듣고 그녀가 구체적인 계획을 짰다.

누구의 의심도 받지 않고 적아를 제압하려면 대무영이 그녀에게 흑심이 있는 것처럼 잠자리에 끌어들이라는 것이 도해의 계획이다.

방금 대무영이 말을 하면서 그의 입술이 자신의 입술과 마찰을 일으키자 적아는 폭풍 같은 이상한 감정이 휘몰아친 후에 마지막으로 유부 깊숙한 곳에서 찌르르한 매우 상쾌한 느낌을 받았다. 그래서 그녀는 대무영의 물음을 도저히 거스를 수가 없었다.

"아… 천첩은 잘 모르겠어요……. 그렇지만 돈 같은 것은 필요 없어요……."

그녀의 말은 애매했다. 잠자리는 할 수 있는데 돈이 필요 없다는 것인지, 돈이 필요 없으니까 당신하고 잠자리 같은 것은 하지 않겠다는 뜻인지 알 수가 없었다.

대무영도 그녀의 말을 알아듣지 못했다. 하지만 그녀가 맞닿은 입술을 떼지 않은 상태에서 말을 하고 있다는 것을 대답으로 여겼다.

대무영은 손가락을 들어 적아의 팽팽한 젖가슴 끝에 매달려 있는 유두를 슬쩍 건드렸다.

"무슨 뜻인지 모르겠군."

"아……."

적아는 자지러지는 뜨거운 신음을 대무영의 입술에 쏟아내며 몸을 부르르 떨었다.

지금 이 순간이라도 그의 뺨을 후려치든지 일장으로 가슴을 쪼개야 한다고 이미 기능을 상실한 이성이 아우성을 치고 있지만 그녀는 그것을 묵살했다.

"아… 아니, 내 말은… 돈을 주지 않아도 당신의 뜻에 따르겠다는……."

아무리 취했기로서니 그 다음 말은 차마 이을 수가 없었다.

전음이 아니었기에 그녀의 말은 바로 옆에 앉아 있는 명야루주와 총관의 귀에도 똑똑히 들렸다.

두 여자는 서로를 쳐다보면서 놀라는 표정을 짓다가 곧 의미심장한 눈빛을 교환했다.

第八十章
원수의 딸을 짓밟다

대무영과 도해는 구층누각에서 서쪽으로 십여 장쯤 떨어진 곳에 위치한 아담한 단층짜리 별채로 자리를 옮겼다.

별채 바로 앞에는 뜰이 있고 그곳에서 열 걸음도 떨어지지 않은 곳이 호수다.

또한 주변에는 온갖 기화이초가 흐드러지게 피었고 푸른 청죽이 별채 둘레에 담을 이루고 있었다. 별유천지나 무릉도원이 있다면 바로 이런 곳이 아닐까 할 만큼 아름답고 그윽한 정취를 풍기는 곳이었다.

별채 안은 매우 넓으며 전체가 한 칸으로 탁 트였다. 한쪽에는 보통 것보다 대여섯 배는 더 큰 데다 금은보화로 치장을 한 커다란 침상이 놓여 있고, 비단 금침이 깔려 있으며, 실내의 장식은 대무영과 도해로서는 한 번도 보지 못한 초호화 일색이었다.

침상에서 조금 떨어진 바닥에는 커다란 앉은뱅이 탁자가 놓여 있고, 상에는 배가 아무리 불러도 또 먹고 싶은 마음이 절로 드는 맛있는 요리와 술이 차려졌으며 탁자 둘레 바닥에는 두툼한 호표 가죽이 푹신하게 깔려 있다.

이곳은 바로 천상급의 손님이 기녀와 함께 잠자리를 갖는 별채로써 십여 년 만에 처음으로 손님이 들었다.

지금 탁자 둘레에 앉아 있는 사람은 대무영과 도해, 적아, 그리고 파로와 서가 다섯 사람이다.

탁자는 크고 넓은데 모두들 대무영 주위에 몰려서 앉아 있는 광경이다.

술자리는 이곳에서도 이어졌으며 딱 붙어서 앉아 있는 대무영과 도해 양옆에는 파로와 서가가 앉아 있다.

이즈음의 적아는 구층누각에서보다 더 많이 취했다. 몇 년 동안 이 정도로 술을 마셔본 적이 없었다. 마실 일이 없었고 마셔도 내공으로 취기를 몰아냈었다.

그러나 지금은 기분이 좋은 상태이지 견디지 못할 정도는 아니었으며, 대무영 옆에 앉은 서가의 오른쪽에 단정한 자세로 앉아 있었다.

적아는 조금 어색한 상황에 처해 있다. 파로와 서가는 손님의 잠자리 시중을 든다는 명분이 있지만, 적아는 총루주의 신분으로서 대무영의 잠자리 시중을 들겠답시고 주책없이 쭐레쭐레 따라온 것이다. 그것 때문에 그녀는 자신을 책망하고 있는 중이다.

'내가 정신이 어떻게 된 게 아닌가. 어쩌자고 여기까지 따라와서…….'

불과 반 시진도 지나지 않은 조금 전에 대무영이 그녀에게 지분거리고, 또 입술이 맞닿고 그녀 유두를 건드려서 한순간 괴이쩍으면서도 묘한 흥분을 느꼈던 일련의 일들이 지금 생각해 보면 죄다 꿈처럼 여겨졌다.

그 일이 있은 이후 적아는 당황한 나머지 술을 정신없이 더 마셨다.

그러면서 머릿속으로는 자신이 대무영하고 정사를 하게 될지도 모른다는 생각과 상상이 가득 들어차서 회오리처럼 뱅뱅 맴돌았다.

어쩌면 구층누각에서의 그런 기분이었다면, 그리고 그 상황에서 대무영하고 단둘이만 있었다면 적아는 그와 동침을 했을지도 모른다.

그러나 장소를 이동하여 이곳으로 온 이후에는 술이 더 취했으나 정신은 점점 더 말짱해져서 자신이 주책을 부렸다고 스스로를 꾸짖고 있는 중이다.

그러면서 기회를 엿봐서 슬쩍 이 자리를 떠야겠다고 마음을 먹고 있었다. 늦게나마 보천기집 총루주의 신분으로 돌아가려는 것이다.

"어… 답답하다."

그때 도해가 갑자기 얼굴에서 수염을 잡아 뜯고는 상투를 틀었던 머리카락을 풀어헤치자 옆에 있던 파로가 귀신을 본 것처럼 화들짝 놀랐다.

그녀는 도해가 여자일 줄은 꿈에도 생각하지 못했으며 오늘 밤에 자신이 모셔야 할 손님이 도해인 줄만 알고 있었던 것이다.

도해는 술이 제법 센 편이지만 꽤 많이 취했다. 그리고 자신이 구태여 답답하게 수염을 붙이고 남장을 계속하고 있어야 할 이유가 없다고 생각했다.

"너, 이분 옆으로 가라."

"아……."

도해는 놀라고 있는 파로를 대무영 왼쪽 옆으로 밀었다. 자신은 여자니까 기녀가 필요 없다는 뜻이다.

그 바람에 파로는 대무영하고 부딪쳤다. 대무영은 바위처럼 끄떡없는데 파로는 그에게 부딪쳤다가 제 풀에 자세가 흐트러졌다.

그러나 대무영은 파로를 쳐다보지도 않고 술만 마셨다.

도해는 대무영이 기녀하고 잠자리를 하는 것에 대해서는 자비로운 편이다.

대무영이 기녀를 사랑한다면 문제가 다르지만, 이것은 어디까지나 목적을 이루기 위한 과정일 뿐이므로 충분히 이해할 수 있다.

또한 굳이 이런 상황이 아니더라도 남자가 상황에 따라서는 다른 여자하고 잠지리를 할 수노 있다는 것이 그녀의 평소 생각이다.

도해는 혼자 뚝 떨어져서 술을 마시며 대무영에게 전음을 보냈다.

[염탐하는 것들 아직도 있어요?]

[그래. 둘인데 아까 적아 옆에 있던 두 여자 같다.]

대무영은 별채 밖 은밀한 곳에 두 명이 은둔해 있다는 것과 그들에게서 명야루주와 총관의 기척을 느꼈다.

어떤 이유에선지는 모르지만 두 여자는 대무영 등이 별채로 옮긴 이후 줄곧 밖에서 염탐을 하고 있는 중이다.

그녀들이 밖에서 지키고 있는 한 적아를 제압할 수는 없다. 제압해서 아무 말도 하지 못하게 할 수는 있으나 그것이 의심을 살 것이다.

원수의 딸을 짓밟다 77

그러므로 섣불리 적아를 제압하는 행동은 섶을 지고 불속으로 뛰어드는 것이나 진배없는 무모한 짓이다. 그렇다고 해서 밖에 나가서 그녀들을 쫓을 수도 없는 노릇이다.

[할 수 없어요. 슬슬 시작해요.]

혼자서 이마에 내 천자를 지으며 끙끙거리던 도해가 빈 잔에 술을 따르면서 다부진 목소리로 전음을 보냈다.

[무얼 말이냐?]

[뭐긴요? 정사죠. 당신이 이곳에서 정사를 벌이면 밖에 있는 년들도 물러갈 거예요.]

[정사?]

술잔을 입으로 가져가던 대무영은 놀라서 술을 엎지르고 말았다.

"아… 술 쏘다따… 따까야… 돼……."

한어를 겨우 하는 서가는 깜짝 놀라더니 급히 자신의 옷자락으로 대무영의 턱과 손에 묻은 술을 섬세한 동작으로 닦아 주었다.

대무영은 그녀가 하는 대로 내버려 두고 물끄러미 그녀를 쳐다보았다.

주지화나 해란화, 그리고 파로하고는 전혀 격이 다른 이국 미녀의 아름다움이 거기에 있었다.

특히 깊이를 알 수 없는 녹색의 눈을 들여다보면 그 속으로 빨려들어 익사할 것만 같았다.

닦기를 마친 그녀는 대무영이 자신을 주시하고 있는 것을 발견하고 방그레 미소를 지었다. 기녀로서의 미소가 아닌 이국 소녀로서의 순수한 미소였다.

순간 대무영은 눈앞에 섬광이 확 일면서 두 눈이 멀어버릴 것 같은 착각을 느꼈다. 어이해서 사람이 짓는 미소가 이토록 황홀하다는 말인가.

해란화나 주지화 말고는 여자의 미모에 매혹된 적이 거의 없었던 그는 눈앞의 서가야말로 전설에 나올 법한 우물(尤物)이라는 생각이 저절로 들었다.

이 방에 들어온 이후 지금까지 도해하고 주거니 받거니 술을 마시든가 아니면 이제 어떻게 할 것인지에 대해서 그녀하고 전음으로 계획을 세우느라 서가를 가까이에서 제대로 본 적이 없었다.

"상공, 천첩이 잔 올리겠어요."

그때 왼쪽에서 마치 풀잎 위로 이슬이 또르르 구르는 듯한 영롱하면서도 가슴을 촉촉하게 적시는 듯 그윽한 목소리가 들려서 대무영의 고개가 저도 모르게 그쪽으로 향했다.

파로가 소매를 걷고 술이 담긴 옥병을 뽀얀 섬섬옥수로 쥔 채 내밀고 있는 모습이 보였다.

그런데도 대무영은 그녀가 내민 술잔을 받을 생각을 하지 못하고 그녀의 얼굴을 물끄러미 바라보았다.

무릎과 어깨가 맞닿을 만큼 가까이에서 보는 파로의 모습이 한순간 대무영의 눈을 멀게 한 이유는 취기 때문만은 아닌 것이 분명하다.

매우 짧은 순간이지만 대무영은 지금 자신에게 술잔을 내밀고 있는 존재가 인간이 아닐지도 모른다는 생각이 빠르게 스쳐 지나갔다.

파로는 한 뼘 반 거리 짧은 거리에서 대무영이 자신을 뚫어지게 빤히 주시하자 얼굴을 노을처럼 붉히면서 눈을 내리깔았다.

"뭐해요? 술 안 받고."

지켜보고 있던 도해가 심드렁하게 핀잔을 주었다. 여자 모습을 되찾은 그녀는 일부러 목소리를 굵게 하지 않고 본래의 목소리로 대무영이 파로에게 넋이 팔려 있는 것을 보고 질투 섞인 새된 소리를 냈다.

대무영에게 여기에 있는 여자들하고 정사를 하라고 종용하면서도 자신도 모르게 질투를 하고 있는 것이다. 그게 여자 본연의 모습이다.

"어… 그래."

자신의 실수를 깨달은 대무영은 조금 당황해서 손을 내밀어 술잔을 잡다가 또다시 조금 엎질러서 자신의 손과 파로의 손이 젖고 말았다.

"아……."

파로는 황망히 놀라서 급히 대무영의 손을 잡고 자신의 손으로 문지르며 닦았다. 그녀의 손은 너무 작고 가늘어서 대무영에 비해 절반도 되지 않았으며, 그의 손은 곰발바닥처럼 투박했다.

"괜찮다."

대무영은 파로의 손길이 마치 비단을 만지는 것처럼 부드럽다고 느끼면서 이색하게 손을 뺐다.

"어이! 어디 가는 거야?"

그때 조심스럽게 문으로 가고 있는 적아를 발견한 도해가 쨍하게 소리쳤다.

몰래 빠져나가려다가 들킨 적아는 씁쓸한 표정을 지으며 궁색한 변명했다.

"하녀들에게 뭘 좀 시킬 일이 있어서……."

대무영은 이래서는 안 되겠다는 생각이 들어 적아에게 손짓을 했다.

"자넨 나하고 약속한 것을 잊었나? 이리 오게."

적아는 주춤거리면서 되돌아서 대무영에게 다가왔다.

그때 대무영의 귀에 도해의 전음이 전해졌다.

[어떻게 좀 해봐요. 적아가 나가 버리면 어쩔 거예요? 밖에

원수의 딸을 짓밟다 81

는 아직도 염탐꾼들이 있는데……]

'음!'

대무영은 지금 이 상황에서 무엇을 어떻게 해야 할지 대책이 서지 않았다.

밤은 깊어서 이제 조금 있으면 자정이고 명야루주와 총관은 여전히 별채 밖에 숨어 있으며 적아는 가려고 하니 난감할 노릇이었다.

[어서 적아를 정복해요. 그 방법밖에 없어요.]

대무영이 생각하기에도 지금으로선 그 방법뿐이다. 아니, 정사까지는 아니더라도 염탐꾼들을 쫓아버리기 위해서 정사를 하는 체하는 분위기를 만들 필요가 있다.

술이 많이 취한 적아는 비틀거리면서 머뭇거리듯 대무영 가까이에 이르렀다.

확!

"앗!"

그때 대무영이 몸을 돌리면서 손을 뻗어 적아의 손목을 잡고 자기 쪽으로 거칠게 잡아끌었다.

적아는 고스란히 대무영의 품으로 엎어지듯이 안겼다. 하지만 그녀는 그에게서 벗어나려고 몸부림쳤으나 대무영의 완강한 팔 힘에는 속수무책이었다.

"이게 무슨 짓이냐?"

아주 잠깐 적아의 평소 성격, 즉 도도하고 위압적인 모습이 드러났지만 대무영에겐 먹히지 않았다.

"슥……."

대무영은 저항을 상관하지 않고 그녀를 안은 채 태연하게 몸을 돌려 탁자 쪽으로 돌아앉았다.

그리고는 그녀의 몸을 가볍게 돌려서 탁자 쪽으로 향하게 하고는 왼팔로 그녀의 허리를 힘주어 안았다.

"가만히 있어라."

"당신……."

적아는 등을 대무영에게 붙이고 책상다리로 앉은 그의 허벅지 위에 앉은 채 좌불안석 어쩔 줄 몰랐다.

대무영은 왼팔로 그녀의 허리를 안고 있지만 조금 전하고는 달리 그다지 힘을 주고 있지 않았다.

그러므로 지금 그녀가 완강하게 뿌리치고 일어나려면 충분히 그럴 수 있지만 그렇게 하지 않았다. 그의 품에 안긴 지 한 호흡밖에 지나지 않았는데 마음이, 아니, 몸이 벌써 이상한 반응을 하고 있는 것이다. 잠시 가라앉았던 묘한 흥분과 기대가 되살아났다.

조금 전만 해도 자신이 여기까지 따라온 행동이 주책이라고 후회했던 적아는 그의 품에 안기자 언제 그런 생각을 했었냐는 듯 씻은 듯이 사라져 버렸다.

원수의 딸을 짓밟다

대무영은 이제 방법은 한 가지, 적아를 정복하거나 그런 수순을 밟는 것뿐이라고 판단했다.

결정이 내려지면 저돌적으로 행동에 옮기는 것이 평소 그의 방식이다.

여자의 저항을 봉쇄하는 첫 번째 행동은 입맞춤, 그것도 아주 깊은 입맞춤이 적격이다.

슥……

대무영은 왼팔로는 적아의 허리를 안은 채 오른손으로 그녀의 턱을 잡아 자기 쪽으로 돌렸다.

그녀의 두 눈이 동그랗게 커지고 놀라움이 떠오르는 순간 두툼한 입술이 작은 입술을 덮었다.

순간 그녀는 두 손으로 힘껏 그의 가슴을 떠밀었다. 하지만 그의 팔의 힘이 갑자기 완강해지는 바람에 꼼짝도 할 수가 없었다.

그녀는 대무영이 자기보다 한참 하수일 것이라고 생각하고 있었으나, 지금 이 순간은 자신이 온 힘을 다해서 밀었는데도 그가 요지부동 꿈쩍도 하지 않는 것에 대해서 의구심을 품지 못했다. 그런 것을 떠올릴 만한 상황이 아닌 것이다.

적아를 무기력하게 만들고 또 정복해야겠다고 작심한 대무영의 행동은 거침없었다.

그는 적의 입술을 송두리째 빨다가 혀를 끌어당겨 부드럽게 빨기 시작했다.

이십팔 세가 되도록 사내라고는 수하들을 거느린 것이 전부인 적아로서는 이것이 난생처음 입맞춤이다. 더구나 이처럼 깊은 입맞춤은 그녀의 영혼을 소멸시켰고 온몸에서 기력이 쭉 빠지게 만들었다.

그리고 정신이 아득해지면서 몸이 바들바들 마구 떨렸다. 그러더니 대무영의 가슴을 한사코 밀어내던 두 손에서 스르르 힘이 빠졌다.

그녀가 제아무리 적사파월의 딸이고 보천기집의 총루주라고 해도 근본은 여자다.

강하고 위엄 있는 척 자신의 몸 주위에 두꺼운 벽을 치고 사내를 벌레 보듯이 살았으나 오히려 그런 여자일수록 벽이 무너지면 쉽게 정복되는 법이다.

역시 남자 경험이 없기는 마찬가지인 파로와 서가는 대무영의 좌우에서 눈을 크게 뜨고 놀라면서 두 사람의 행위를 바라보았다.

파로 옆에 조금 떨어져서 앉은 도해는 대무영 쪽을 힐끗 쳐다보았으나 파로에 가려서 보이지 않았다.

그러나 더 보려고 애쓰지 않고 혼자서 술을 따라 천천히 마셨다.

봐봐야 속만 상할 것이기 때문이다. 이것이 아무리 작전이라고는 해도 대무영은 어엿한 자신의 남자인데 다른 여자와의 입맞춤이 기분 좋을 리가 없다. 더구나 대무영은 이제 더욱 격렬한 행동을 할 텐데 지금 참지 못하면 일을 그르치고 말 것이다.

한동안 적아의 혀를 유린하던 대무영의 손이 다음 행보를 시작하여 그녀의 앞섶을 능숙하게 풀어헤치자 아기 손바닥보다 작은 천에 가려진 한 쌍의 풍만한 젖가슴이 출렁 드러났다.

그의 손은 거침없이 젖 가리개를 끊어내고 부드럽게 젖가슴을 주무르고 유두를 유린했다.

적아의 몸이 갓 잡아 올린 싱싱한 물고기처럼 품속에서 파득파득 떨렸다.

생전 처음 너무도 강렬한 입맞춤으로 정신이 아득해진 적아는 대무영이 자신의 젖가슴을 주무르는 것을 아련하게 느꼈으나 저항을 할 수가 없다.

아니, 이래서는 안 된다고 생각하면서도 마음 한쪽에서는 이보다 더한 행위를 원하는 거부할 수 없는 욕념의 아우성이 걷잡을 수 없이 터져 나왔다.

이 순간 그녀는 온몸을 완전히 대무영에게 맡기고 황홀경에 빠져들었다. 그것은 마치 한쪽 발이 빠지면 도저히 빠져나올 수 없는 수렁 같았다.

정신은 그 수렁에서 빠져나오라고 소리치는데, 몸뚱이는 그냥 이대로 가만히 운명에 몸을 맡기고 수렁에 빠져들라고 다독인다.

입맞춤은 길었다. 혀뿌리가 다 뽑힐 듯 아팠으나 그보다는 기이한 쾌감이 더 깊었다.

그가 혀를 놓아주자 이제는 시키지도 않았는데 적아가 조심스럽게 그의 혀를 빨더니 곧 아기가 엄마의 젖을 먹듯 허겁지겁 힘차게 빨아댔다.

입은 입대로 놔두고 대무영은 그녀의 셋가슴을 놓고 긴 치마를 걷어 올렸다.

그녀가 혀를 빠느라 여념이 없는 사이에 그의 손은 치마를 다 걷어 올려 손가락에 슬쩍 힘을 주어 은밀한 부위를 겨우 가린 조그만 속곳을 투둑… 뜯어냈다.

적아는 무엇이 어떻게 되는지도 모르면서 본능적으로 두 다리를 벌렸다.

파로와 서가는 더욱 눈을 크게 뜨고 두 손을 가슴에 모은 채 마른침을 삼키며 적아의 사타구니를 주시했다.

대무영의 손이 이미 흠뻑 젖은 적아의 사타구니를 어루만지기 시작했다.

"으음……."

순간 적아는 대무영의 혀를 힘껏 빨다가 온몸을 경직시키면서 두 다리를 힘껏 오므렸다.

그리고는 입술을 떼더니 빨개진 얼굴로 대무영을 보며 가쁜 숨을 할딱거렸다.

"아… 안 돼요……. 저 아이들 먼저……."

그녀는 흥분으로 온몸이 불덩어리처럼 달아올라서 이성이 마비된 이 순간에도 파로와 서가를 잊지 않았다. 대무영이 그녀들과 동침을 해야지만 은자 이백만 냥을 벌 수 있기 때문이다.

"제발… 나는 그 다음에……."

적아는 자신의 옥문을 만지고 있는 대무영의 손을 허벅지로 꼭 붙잡고는 애원하는 표정을 지었다. 이어서 그녀는 대무영에게 입술을 비비며 마치 정다운 부부처럼 촉촉한 눈빛으로 말했다.

"천첩은 도망가지 않아요. 기다릴게요, 알았죠?"

이럴 때는 마치 큰누나처럼 능숙하게 대무영을 달랬다.

대무영이 슬쩍 도해를 쳐다보자 그녀는 생각할 것도 없다는 듯 고개를 끄떡였다. 적아를 정복하려면 파로와 서가를 먼저 상대하라는 것이다.

한 시진 후의 실내는 한 시진 전과 비교해서 상황이 크게 달라져 있었다.

실내는 뜨거운 열기로 후끈거렸다. 방금 전에 격렬한 정사가 막 끝났기 때문이다.

침상에는 대무영과 도해, 파로, 서가가 전라의 몸으로 비 오듯이 땀을 흘리면서 한데 뒤엉켜 있다.

대무영의 양팔에는 도해와 파로가 안겨 있고, 그의 몸 위에는 서가가 엎드려 있다.

서가가 마지막으로 대무영에게 순결을 바쳤고 그 행위가 방금 끝났기 때문이다.

이 광란의 떼로 하는 정사에 도해가 가담하게 된 데는 이유가 있다.

대무영이 그녀를 놔두고는 도저히 파로와 서가하고 정사를 할 수 없다고 해서 도와주기 위함이었다.

방금 정사를 끝낸 서가는 대무영의 몸에 엎드린 채 후드득 후드득 간헐적으로 몸을 떨었다.

대무영의 음경은 아직 시들지 않은 채 그녀의 몸속 깊숙한 곳에 있었다.

거대한 이물체가 몸 중심을 관통한 것 같은 느낌이지만 서가는 그로 인해서 몹시 행복했다.

적아는 침상에서 서너 걸음쯤 떨어진 곳에 서 있다. 그녀는 장장 한 시진에 걸쳐서 행해진 대무영과 세 여자의 정사를 눈도 깜빡이지 않으면서 마른침을 삼켜가며 하나도 놓치지 않고 다 지켜보았다.

적아는 처음에 대무영과 도해가 마치 폭풍우가 몰아치는 것처럼 정사를 시작할 때부터 지금까지 숨을 쉬고 있는 것 같지 않았다.

숨을 멈춘 채 온몸과 정신이 극도로 긴장하여 대무영이 도해와 파로, 서가하고 차례로 정사를 벌이고 끝낼 때까지 그 자리에서 꼼짝도 하지 않았다.

파로와 서가는 대무영에게 안겨서 가늘게 몸을 떨면서 눈물을 흘렸다.

그것이 기쁨의 눈물인지 슬픔의 눈물인지는 그녀들도 알지 못했다.

다만 이제부터는 자신들이 대무영의 여자라는 사실만 느끼고 있을 뿐이다.

네 사람이 누워 있는 침상의 요는 파로와 서가가 흘린 순결의 피, 즉 앵혈로 인해서 피투성이다. 아예 새빨간 색의 요를 깔아놓은 것 같았다. 물론 나신의 네 사람 몸도 피투성이기는 마찬가지다.

대무영은 별채 밖의 기척을 살피다가 보일 듯 말 듯 미간을 찌푸렸다.

아직도 별채 밖에 명야루주와 총관이 은둔해 있는 기척을 감지했기 때문이다.

도대체 두 여자가 무엇 때문에 저러고 있는지 모르지만 대무영은 은근히 짜증이 났다.

아무래도 밖의 두 여자는 대무영과 적아가 정사를 하는지에 관심이 많은 것 같았다.

아니면 적아를 호위하는 차원에서 저러고 있는 것인지도 모르는 일이다.

그의 팔을 베고 있는 도해가 땀에 젖은 머리카락이 달라붙은 얼굴을 쓰다듬으며 전음을 보냈다.

[아직도 있죠?]

[그래.]

[할 수 없죠. 어서 시작해요.]

대무영은 적아를 쳐다보며 조용히 말했다.

"이리 와라."

그는 한 시진 동안 잠시도 쉬지 않고 세 여자와 정사를 치렀으나 숨결조차 흐트러지지 않았다.

또한 적아에게 거침없이 하대를 했다. 하지만 그녀는 대무영의 부름에 움찔 놀라느라 그가 하대를 하는지 마는지 신경을 쓸 정신이 없다.

적아가 요구했던 대로 대무영은 파로와 서가하고 정사를 했다. 그러므로 다음은 적아 차례다. 그것은 그녀가 자신의 입으로 약속한 일이다.

그러나 그녀는 대무영의 말을 듣지 못한 듯 그 자리에 우두 커니 서 있기만 할 뿐이다.

두려움이나 망설임 때문이 아니라 지금까지 침상에서 벌어진 광경을 너무 생생하게 지켜본 탓에 충격이 온몸을 휩쓸고 있는 것이다.

또한 이제부터 그 일이 자신에게 일어날 것이라는 생각에 심장이 미친 듯이 두근거렸다.

성질 급한 도해가 일어나려고 하는 것을 대무영이 지긋이 어깨를 잡아 제지했다.

밖에서 명야루주와 총관이 염탐을 하고 있기 때문에 최대한 조심을 해야 하기 때문이다.

대무영은 천천히 일어나서 묵직하게 바닥에 내려섰다. 적아는 키가 크고 딱 벌어진 어깨에 건장한 체격을 지닌 근육질의 그를 멍하니 바라보면서 자신이 한없이 작게 위축되는 것을 느꼈다.

"아……."

대무영이 다가와 자신을 번쩍 가볍게 안아 들자 그녀는 나직한 탄성을 흘렸다.

그가 자신을 안고 침상으로 성큼성큼 걸어가는데도 그녀는 꼼짝하지 않았고 저항도 하지 않았다.

사실 그녀는 판단력이 흐려질 정도로 많이 취한 상태다. 또

한 지금까지 대무영이 두어 차례에 걸쳐서 그녀를 흥분시킨 것이 더해져서 현재로써는 정상적인 현실 판단을 하는 것이 어려운 상황이다.

 적아는 한 번도 경험해 본 적이 없는 미지의 거대하고도 뜨거운 물체가 자신의 몸속으로 서서히 진입하는 것을 느끼며 이를 악물었다.
 아니, 그것은 진입하는 것이 아니라 그녀의 음부가 빨아 당기는 것 같았다.
 그것이 더 깊숙이 몸속으로 들어가면서 뭔가 터지고 찢어지며 부서지는 고통스러운 느낌이 들었다.
 "음……."
 악문 그녀의 이빨 사이로 가늘고 묵직한 신음이 새어 나왔다.
 순결한 음부는 십대 소녀의 것이나 이십팔 세 성숙한 여인의 것이나 별다를 바가 없었다.
 대무영은 파로와 서가하고 정사할 때와는 판이하게 적아를 짓밟아서 죽일 것처럼 난폭했다.
 적아는 신음을 참으려고 이를 악물고 두 손으로 대무영의 등을 끌어안은 채 열 개의 손톱이 그의 살 속으로 깊숙이 파고들었다.

"으음… 음……."

대무영이 젖가슴과 음부를 만지고 입맞춤을 할 때는 정신이 하나도 없을 만큼 흥분했었는데, 막상 정사라는 것을 하니까 고통과 흥분이 뒤섞여서 휘몰아쳤다. 고통 때문에 흥분이 느껴지지 않았고, 흥분 때문에 고통이 느껴지지 않는 괴이한 상황이었다.

주먹이나 칼, 다른 방법으로 적아를 죽일 수가 없는 처지인 대무영은 자신의 음경이 유일한 무기인 듯 무차별적으로 그녀를 찔러댔다.

하지만 음경으로는 그녀의 몸 아무데나 찌를 수가 없다. 오로지 한 군데 그곳만 찌르고 찌르고 또 찔렀다.

"아아아……."

고통인지 쾌감인지 모를 괴이한 폭풍이 휘몰아치자 적아는 마침내 비명 같은 신음을 흘리더니 대무영의 등을 억세게 끌어안고 두 다리로 그의 허리를 휘어 감았다.

옆에서 보고 있는 도해는 대무영의 충혈된 눈에서 이글거리는 살기를 발견했다. 도해는 대무영이 적아를 죽이고 있다는 것을 알았다.

한 덩이로 엉켜있는 두 사람의 아래쪽에 전라의 몸으로 옹송그리고 나란히 앉아 있는 파로와 서가는 두 사람의 음부가 서로 결합되어 맹렬하게 진퇴하고 있는 광경을 바로 코앞에서 생생하게 지켜보면서 눈을 화등잔처럼 크게 뜨고 있었다.

　대무영의 크고 억센 무기가 적아의 깊은 곳을 자꾸만 찌르니까 그곳에서 마치 칼에 찔린 것처럼 피가 철철 흘러서 그렇지 않아도 빨개진 이불을 더욱 붉게 물들였다.

　적아는 몸부림치면서 죽어가고 있었다. 고통과 쾌락이 뒤섞인 비명을 지르며 음부에서 철철 피를 흘리면서 서서히 죽어가는 것이다.

　도해와 파로, 서가 세 여자하고 떼로 정사를 하는데 한 시진이 걸렸던 대무영은 적아하고 정사하는데도 한 시진이나 소요됐다.

　그는 자신이 도해하고 정사를 할 때 행했던 모든 체위와 방법을 다 동원하여 적아를 짓뭉개 놓았다.

　그 한 시진 동안에 그는 정사에만 몰두하느라 별채 밖에 은둔해 있는 염탐꾼에 대해서 신경조차 쓰지 않았다.

　정사가 끝난 후에 청각을 돋우어보니까 그제야 명야루주와 종관의 기척이 감지되지 않는 것을 알게 되었다.

　적아하고 정사를 하는 도중에 사라진 것인지, 끝나고 나니까 사라진 것인지는 몰라도 그가 원했던 대로 이제 염탐꾼은 없다.

"아아… 왜 그렇게 난폭해요?"

온몸이 땀으로 범벅이 된 적아는 그의 팔을 베고 가슴을 쓰다듬으며 곱게 눈을 흘겼다.

"슥……."

대무영은 대꾸하지 않고 천천히 몸을 일으켜 앉아서 물끄러미 그녀를 굽어보았다.

"아이… 뭘 봐요."

적아는 대무영이 무엇을 하려는지 까맣게 모르는 채 자신의 순결을 바친 남자에게 교태 어린 애교를 부렸다.

"슥……."

대무영이 그녀의 얼굴로 손을 뻗자 그녀는 무언가를 기대하듯 사르르 눈을 감았다.

그의 손이 희고 긴 목을 가만히 감싸 잡으니까 그녀는 콧소리를 냈다.

"흐응……."

그의 손에 지그시 힘이 들어갔다.

"끄으으……."

목이 조이자 쥐어짜는 듯한 신음을 흘리면서도 그녀는 그 행위가 대무영이 자신을 사랑하기 때문이라고, 그래서 어쩌면 다시 한 번 정사를 하려는 전희(前戲)쯤으로 받아들여서 저항하지 않고 가만히 있었다.

그리고 너무 목이 조여서 쥐어짜는 신음조차 흘리지 못하게 되었을 때에야 그녀는 뭔가 이상하다는 것을 느끼고 번쩍 눈을 떴다.

"……."

그녀가 제일 먼저 발견한 것은 악마였다. 흰 이빨을 드러내고 두 눈에서 새파란 살기를 뿜어내고 있는 악마는 바로 대무영이었다.

크게 놀란 적아는 눈동자를 두리번거리면서 대무영을 찾았다. 이 악마가 대무영일 것이라고 그 순간까지도 절대로 믿지 않았다.

그러나 대무영은 어디에서도 보이지 않았다. 이 악마가 대무영인 것이다.

믿을 수가 없는 일이다. 자신의 순결을 가져가고, 한 시진 동안 뜨겁게 사랑을 나눈 사람이 자신의 목을 조르고 있을 것이라고 어떻게 믿을 수 있겠는가.

파파팍!

그때 도해가 재빠른 솜씨로 적아의 마혈과 아혈을 동시에 제압했다.

그 순간 적아는 온몸에 차디찬 얼음물이 끼얹어진 것 같은 충격과 모골이 송연함을 느꼈다. 그리고 뭔가 잘못됐다는 사실을 깨달았다.

대무영은 재빨리 침상 아래로 내려가서 옷을 입고 별채 밖으로 소리 없이 나갔으며, 도해는 어리둥절한 표정을 짓고 있는 파로와 서가에게 손가락을 세워서 입에 대보이며 조용하라는 표정을 지었다.

파로와 서가는 대무영이 험악한 얼굴로 적아의 목을 조르는 모습을 그의 뒷모습에 가려서 보지 못했다.

다만 적아가 다리를 벌리고 뻣뻣하게 누운 채 경악하는 표정으로 눈을 부릅뜨고 있는 모습만 볼 수 있을 뿐이다. 그래서 어리둥절할 수밖에 없다. 더구나 대무영이 왜 갑자기 밖으로 나가는지도 모를 일이다.

별채 밖에 명야루주와 총관이 아직도 있는지, 그리고 다른 자들은 없는지 직접 확인하러 나갔던 대무영이 잠시 후에 들어와서 도해에게 가볍게 고개를 끄떡여 보였다. 안심해도 된다는 뜻이다.

도해는 파로와 서가 앞에 바싹 다가앉아서 적아를 가리키며 마지막으로 주의를 주고 있었다.

"너희를 쟤처럼 움직이지도 말도 못하게 장작처럼 만들어 놓을까? 아니면 지금부터 무슨 일이 있어도 죽은 듯이 입 다물고 있을래?"

"아아… 우리는……."

사색이 된 파로가 무슨 말을 하려고 하자 서가가 급히 손으로 그녀의 입을 막고는 다른 손으로 자신의 입을 바늘로 꿰매는 시늉을 해보였다.

무슨 일이 있어도 절대 아무 말도 하지 않겠다는 뜻이다. 서가는 보기보다는 영특했다.

대무영은 파로와 서가를 도해에게 맡기고 누워 있는 적아 옆에 책상다리로 앉았다.

적아는 찢어질 듯이 부릅뜬 눈으로 대무영을 주시했다. 그녀가 경악하는 이유는 도해가 자신의 마혈과 아혈을 제압했다는 것보다, 조금 전 악마가 바로 대무영이었다는 사실 때문이었다.

순결을 주고 난생처음 사랑이라는 것을 느끼게 해준 그가 무엇 때문에 그토록 무서운 얼굴로 자신을 노려보았던 것인지 생각해 보려고 해도 하얘진 머리로는 아무것도 떠오르지 않았다.

지금 대무영의 표정은 조금 전 악마 같은 모습하고는 다르다. 분노가 한계를 넘어서 오히려 초연해진 상태다.

이윽고 대무영이 이를 갈 듯, 아니면 탄식을 하듯 조용한 목소리를 흘려냈다.

"적아."

"……!"

지금까지는 되도록 자신의 원래 목소리를 내지 않으려고

노력했으나 지금은 마음먹고 제 목소리로 말했다. 그러자 적아의 부릅뜬 눈이 더 커졌다. 찢어져서 눈알이 튀어나올 것만 같았다.

그녀는 보천기집이나 명야루에서는 대내외적으로 '보현'이라는 이름을 사용하고 있고 '적아'라는 이름은 측근의 극소수만 알고 있다. 그런데 느닷없이 대무영이 그녀를 '적아'라고 부른 것이다.

그녀는 대뜸 자신의 이름을 부른 대무영의 목소리가 왠지 귀에 익다는 생각을 했다.

그리고 그가 대체 누구인지 생각해 내려는 듯 눈을 깜빡거리고 눈동자가 쉴 새 없이 이리저리 굴렀다.

"날 모르겠느냐?"

적아는 절망의 구렁텅이에 빠지지 않으려고 썩은 밧줄에 매달린 것처럼 결사적으로 눈을 깜빡이면서 대무영을 주시했으나 누군지 도무지 기억이 나지 않았다.

아마도 대무영의 수염과 구레나룻이 얼굴을 거의 덮었고 일 년여 동안 그의 모습이 많이 변했기 때문에 용모로써 그를 알아보는 것은 불가능할 것 같았다.

도해는 숨을 죽이고 대무영과 적아를 지켜보았다. 그에게 적아가 어떤 존재인지 잘 알기에 지금 그의 심정이 어떨지 짐작하고도 남음이 있었다.

대무영은 싸늘하면서도 잔인한 미소를 머금었다.

"적사파울의 막딸이 나를 벌써 잊었다니 그 이유만으로도 죽어 마땅하다."

"……."

적아는 아혈이 제압되어 말은 하지 못하지만 입에서 거친 숨소리가 토해졌다. 만약 말을 할 수 있다면 놀라움의 탄성을 터뜨렸을 것이다.

그녀의 이름은 그다지 비밀이 아니라고 하더라도 부친인 적사파울의 이름은 극비인데 대무영이 거침없이 그 이름을 부른 것이다.

그녀가 눈앞의 사내가 누군지 궁금해서 미쳐 버릴 것 같으면서도 그가 누군지 생각나지 않는다는 것은, 평소에 그녀가 대무영을 별로 중요한 존재로 여기지 않았다는 뜻이다.

결국 대무영은 자신을 알아볼 수 있는 기회를 주기로 했다.

"추잡한 수법으로 내 몸에 고독을 심었던 것을 잊지는 않았을 터이다."

"……!"

순간 더 이상 커질 수 없을 것 같던 적아의 두 눈이 지금까지보다 두 배 가까이 커졌다.

그녀는 눈앞의 사내가 대무영이라는 사실을 비로소 깨달

고 머릿속이 하얘졌다.
 '대… 무… 영…….'
 그녀의 입이 그렇게 말하는 것 같았다.

第八十一章
용담호혈(龍潭虎穴)

칠흑 같은 밤.

명야루가 위치한 섬 서쪽에 있는 전각군 방향으로 하나의 검은 인영이 빠른 속도로 쏘아가고 있다.

적아로부터 적사파울과 전각군에 대한 정보를 다 듣고 별채를 나선 대무영이다.

직아의 실토에 의하면 적사파울은 이곳에 없으며 북경 금천장에 있다고 한다. 적사파울은 금천대인이라는 신분일 때 금천장에 머문다.

대무영과 도해가 처음부터 적아를 겨냥하여 집요하게 물

고 늘어진 보람이 있었다.

 적아는 예상했던 것보다 더 많은, 그리고 질 좋은 정보를 많이 알고 있었다. 적사파울의 장녀이고 보천기집의 총루주이므로 당연한 일이다.

 현재 적사파울은 이곳에 없지만 지금 어디에서 무얼 하고 있는지 자세히 알아냈다.

 뿐만 아니라 적아의 남동생이며 적사파울의 외아들인 적야울탄의 행방과 그가 현재 무엇을 하고 있으며 앞으로의 계획 같은 것들도 알아냈다.

 그것은 마치 적사파울 일당과 그의 계획이 대무영의 손바닥에 그려져 있는 것이나 진배가 없다.

 대무영이 지금 전각군으로 가고 있는 이유는 그곳에 보천기집의 금고가 있기 때문이다.

 적사파울은 대무영에게 남북금창 두 군데를 모두 털리고 알거지가 됐었다.

 뿐만 아니라 고관대작들이나 힘있는 인물들에게 뇌물을 줄 수 없는 형편이 되자 그동안 운영하던 수많은 사업이 줄줄이 와해됐었다.

 적아의 실토에 의하면 적사파울은 지금 북경에서 새로운 일을 꾸미고 있으며 그가 현재 갖고 있는 돈벌이 사업은 보천기집이 유일하다고 한다.

그리고 보천기집 백여 개의 기루에서 벌어들이는 수입을 모두 이곳으로 운반하여 명야루 서쪽 전각군 안에 보관하고 있다는 것이다.

말하자면 지금 이곳에 있는 돈이 적사파울의 전 재산이라고 할 수 있다.

그런데 대무영이 그것을 탈취하면 적사파울은 이번에는 완전히 빈털터리가 되고 말 것이다.

별채에는 도해가 적아와 파로, 서가를 지키고 있다. 만약 대무영이 전각군에 잠입한 시이에 누군가 별재에 들어간다면 도해 혼자 난감한 상황에 처하고 말 것이다.

그렇다고 적아와 파로, 서가를 놔두고 도해도 대무영을 따라올 수는 없는 형편이었다. 그러므로 도해 등에게 무슨 일이 생기기 전에 대무영은 재빨리 일을 처리하고 별채로 돌아가야 한다.

전각군은 명야루와 같은 섬에 있으면서도 높은 담에 둘러쳐져 있었다. 담 높이는 이 장 반에 이르렀다.

잠시 담 안쪽의 기척을 살피던 그는 아무도 없음을 확인하고 훌쩍 가볍게 신형을 솟구쳤다가 담에 딱 붙은 상태에서 담 안쪽으로 쑥 하강했다.

그곳에는 아름드리나무가 사오 열 정도 띠를 이루어 담을 따라 길게 이어져 있었다.

전방에는 삼 층이나 이 층의 전각들이 드문드문 있으며 주변은 마당이나 풀밭이었다. 그러나 사람의 모습은 일체 보이지 않았다.

적아는 전각군, 즉 보천내가(普天內家)에는 호위고수가 십여 명 남짓 있을 뿐이라고 했었다.

그녀가 거짓말을 했을 리 없다. 그녀를 실토시키느라 만신창이를 만들어놨는데 그 지경이 되고서도 거짓말을 한다면 초인일 것이다.

보천내가는 그저 아무것도 아닌 단지 명야루의 안집처럼 보이는 것이 가장 큰 무기라는 것이다.

너무 평범하게 보여서 그곳에 보천기집 백여 기루에서 벌어들인 돈이 모두 감춰져 있을 것이라는 상상은 아무도 하지 못한다고 했다.

대충 둘러보니까 전각은 십여 채 정도고 잠시 기다려 봤으나 인기척이 전혀 없어서 대무영은 움직이기 시작했다.

스웃……

그가 있는 곳에서 전방 첫 번째 전각까지의 거리는 이십여 장 정도다.

대무영의 실력으로 그 정도 거리면 두 호흡에 도달할 수 있다. 그는 순식간에 풀밭을 가로질러 마당으로 들어섰다. 발끝으로 땅을 한 번 살짝 디디면 사오 장씩 땅에 낮게 깔려서 쏘아갔다.

쏴아악!

그는 마당에 들어서는 순간 머리 위에서 미약한 바람 소리를 듣고 재빨리 올려보았다.

커다란 그물이 밤하늘을 온통 뒤엎은 상태에서 빠르게 아래로 씌워져 내리고 있었다.

검은색으로 빛나는 가느다란 그물을 보는 순간 대무영은 그것이 쇠 그물이라는 것을 간파했다.

그러나 쇠 그물이 너무 넓어서 그것이 덮어씌우기 전에 피하는 것은 불가능하다는 판단이 섰다.

스웅…….

쇠 그물이 머리 위 두어 자쯤 이르렀을 때 그는 번개같이 어깨의 천지검을 뽑으면서 허공에 그어댔다.

촤악!

쇠 그물이라고 하지만 금석을 두부처럼 쪼개는 천지검에는 단칼에 열십자로 그어졌으며 그는 그곳으로 빠져나와 재빨리 주위를 둘러보았다.

아무도 없다고 여겼던 상황에서 쇠 그물이 저절로 혼자 떨어졌을 리가 없다.

필경 어딘가에 숨어 있는 자들이 조종을 했을 것이라고 생각해서 주위를 둘러보는 순간 전후좌우와 머리 위에서 열 명의 흑영이 귀신처럼 나타나서 덮쳐왔다.

흑영은 하나같이 칠흑 같은 흑의 경장을 입었으며 손에는 검이 쥐어져 있었다.

적사파울에겐 보천기집밖에 남아 있지 않고, 이곳 보천내가에는 보천기집에서 벌어들인 전 재산이 있는데, 아무도 보이지 않고 아무 소리도 들리지 않는다고 해서 안심하고 진입하려고 했던 대무영은 자신의 어리석음을 자책했다.

그가 적사파울이라고 해도 마지막 전 재산이 감춰져 있는 곳이라면 목숨을 걸고 지키려 할 것이다.

그런데 방금 전까지만 해도 아무도 없었던 풀밭과 마당, 전각이었는데 도대체 어디에서 열 명씩이나 나타났는지 모를 일이다.

더구나 흑의인들이 쇄도해 오는 속도가 상상을 초월할 정도로 빠른 것을 보고 대무영은 이들이 보통 고수가 아니라고 판단했다.

쐐애액!

흑의인 열 명은 한 명이 공격하는 것처럼 일사불란했으며 어느새 대무영의 반 장까지 이르러 그의 전신을 노리고 검을 찌르고 베어왔다.

쇠 그물에서 막 빠져나와 허공중에 떠 있는 대무영은 이미 천지검을 오른손에 쥐고 있으므로 지체 없이 삼족오검법을 전개했다.

그가 실전에서 사람을 상대로 삼족오검법을 전개하는 것

은 지금이 처음이다.

쉬카아—!

천지검이 번뜩이면서 다섯 방향을 갈랐다.

열 방향에서 쇄도하던 열 명 중에서 한 명 건너 한 명씩 다섯 명의 정수리를 향해 천지검이 세로로 그어졌다.

추호의 음향도 나지 않으면서 다섯 명이 정수리에서 턱까지 잘라졌다.

경신술로 봤을 때 대단한 고수들이지만 대무영 앞에서는 무기력한 존재이다.

그리고 그들이 피를 뿜기도 전에 천지검이 이번에는 번쩍 수평으로 허공을 쪼갰다.

쉬아악!

남은 다섯 명의 검이 대무영의 급소 다섯 군데 한 자 거리에 이르렀을 때, 그들은 모두 허리가 뎅겅 잘렸다. 대무영은 단 한 차례 천지검을 수평으로 그었을 뿐인데 흑의인 다섯 명의 허리가 잘린 것이다.

쿠쿠쿵!

뒤이어 흑의인 열 명이 우르르 지상에 깔린 쇠 그물 위로 나뒹굴었다.

대무영이 터득한 삼족오검법에는 세 가지 수법이 있다.

첫 번째가 천지검으로 직접 목표물을 찌르고 베는 것이며,

특징은 빠르면서도 무엇이든 벨 수 있다. 대무영은 그것에 자신이 직접 '벼락치기'라는 이름을 붙였으며, 방금 전개한 것이 바로 그 수법이다.

대무영은 지금껏 '벼락치기'보다 빠른 수법, 아니, 그 무엇이라도 본 적이 없었다. 그래서 하늘에서 내리꽂히는 벼락에 비유하여 이름을 지었다.

현재 그는 한 번의 벼락치기 동작에 최대 다섯 개의 표적을 공격할 수 있는 수준이다.

그렇지만 두 번째 전개와의 간격이 찰나지간이라서 '한 번에 몇 개의 표적'이라는 것은 별 의미가 없다.

예를 들자면 최초의 벼락치기를 전개한 것과 열 번째 벼락치기 사이 아홉 번의 간격이 단지 눈 한 번 깜빡이는 순간에 불과하기 때문이다.

두 번째 수법은 천지검에서 청, 적삼족오를 발출하여 최대 오 장 거리까지 떨어진 표적을 적중시켜서 파괴 또는 절단할 수 있다.

이 수법의 이름은 '불꽃쏘기'다. 청, 적삼족오가 천지검에서 발출될 때의 광경이 마치 푸르고 붉은 불꽃이 뿜어지는 것 같기 때문이다.

중원의 무공하고 비교를 한다면 검법의 최고수준인 검강(劍罡)같은 것이다.

하지만 다른 점이 몇 가지 있다. 검강보다 훨씬 더 빠를 뿐만 아니라, 직선으로만 발출되는 검강하고는 달리 불꽃쏘기는 곡선은 물론이고 원하기만 하면 어느 방향이라도 보낼 수가 있다.

세 번째 수법은 청, 적 두 개의 삼족오를 함께 발출하는 것이며, 이론상으로만 터득하여 동작만 취해봤을 뿐 실제로 전개해 본 적은 없다.

이론에 의하면 두께 이삼 장의 바위를 관통하거나 가루로 화하게 하고, 원하는 표적이나 주변을 얼음덩이나 불바다로 만들 수 있다.

그렇지만 번성현 면막원 지하석실에서 그것을 전개했다면 석실은 물론 전각 전체가 붕괴할 수도 있기 때문에 시험해 보지 못했었다.

이 세 번째 수법의 이름은 '짓뭉개기'라고 지었다. 아직 시험해 보지 않아서 위력은 제대로 모르지만 어림짐작으로는 마치 빗자루로 쓸어버린 것처럼 주위가 깡그리 박살 날 것 같았기 때문이다.

유운검법이나 매화검법, 백보신권처럼 중원의 무공에는 원래 이름이 있지만 그가 새로 만들어낸 수법에는 하나같이 한자가 아닌 이름을 붙였다. 아직 글에 조예가 깊지 않으며 그냥 자기 혼자만 알고 있을 이름이기 때문에 그저 생각나는 대로 붙인 것이다.

용담호혈(龍潭虎穴)

방금 대무영을 합공한 열 명은 쟁천십이류의 아홉 번째인 후선이나 열 번째 패령 수준이었다.

그런데 대무영이 단 두 번의 동작 벼락치기로 모조리 황천으로 보내 버렸다.

그는 바닥에 깔려 있는 쇠 그물 위로 소리 없이 내려서며 천천히 주위를 둘러보았다.

�솨아아—

사방에서, 아니, 허공까지 오방(五方)에서 대략 백여 명 가량의 흑의인이 그를 향해 빠르게 쇄도하고 있었다.

심지어 조금 전에 그가 넘어왔던 담 쪽에서도 흑의인들이 쏘아왔다.

잠입하기 전에, 그리고 잠입한 후에도 그는 아무것도 보지 못했으며 아무런 기척도 감지하지 못했었는데 귀신이 곡할 노릇이다.

문득 그는 쏘아오고 있는 흑의인들의 뒤쪽에 땅과 풀밭이 푹 파여지거나 흐트러져 있는 것을 발견하고 그들이 흙 속에 숨어 있었다는 사실을 깨달았다.

하긴 보천기집이 벌어들인 엄청난 돈 전부를 모아놓은 보천내가에 호위고수가 달랑 열 명뿐이라는 사실 자체가 어불성설이다.

'이년이 거짓말을 했군.'

그는 이곳 보천내가에 호위고수가 열 명뿐이라는 적아의 말을 철썩같이 믿지는 않았으나 어느 정도는 믿었다.

그런데 그는 이미 흑의인 열 명을 죽였으며 지금 눈앞에 백여 명이나 쇄도하고 있다.

적아는 보천내가의 호위고수가 열 명뿐이라고 속여 대무영을 안심시켜서 잠입하도록 하여 함정에 빠지도록 한 것이 분명하다.

그렇다면 이것뿐 아니라 적아가 실토한 내용은 전부 믿을 수 없다는 뜻이기도 히다.

대무영이 적아의 거짓말 때문에 이를 갈고 있을 때 백여 명의 흑의인은 어느새 오방에서 이 장까지 쇄도하고 있는 중이다.

이것은 근접전(近接戰)이다. 그렇다면 삼족오검법의 벼락치기를 전개하는 것이 적격이다.

슈슈슉!

순간 다섯 방향의 가장 앞쪽에서 쇄도하는 흑의인 십여 명이 느닷없이 한 명당 서너 개씩의 검은 물체를 쏘아냈다. 호두알 정도 크기이며 먹처럼 새카맣게 반들거렸다.

그런데 대무영이 미처 피하거나 천지검으로 쳐내기도 전에 검은 물체들이 반 장 거리에 이르러 저절로 터졌다.

퍽! 퍽! 퍽! 퍽!

대무영은 움찔했다. 검은 물체들이 폭약일지 모른다고 순간적으로 생각한 것이다.

그러나 폭약은 아니다. 그는 폭약이 터지는 것을 한 번도 본 적은 없으나, 비록 호두알 크기의 작은 것이라고 해도 수십 개의 폭약이 지척지간에서 한꺼번에 폭발하면 섬광과 함께 엄청난 폭발이 일어날 것이라고 생각했다.

그런데 이것은 섬광 같은 것이 전혀 일어나지 않았으며 다만 연기나 운무 같은 것이 삽시간에 주위를 자욱하게 뒤덮어 버렸다.

그래서 그는 적들이 연막(煙幕)을 피워서 눈을 가린 다음에 공격하려는 수작이라고 짐작했다.

'훗! 가소로운 놈들.'

어이없는 실소가 나왔다. 그는 아예 눈을 감는다고 해도 기척만으로 능히 싸울 수 있는 능력이 있다.

쐐쐐애액!

한 뼘 앞도 보이지 않을 정도로 짙은 운무 속에서 흑의인들의 합공이 시작되었다.

흑의인들은 어차피 모조리 죽일 놈들이지만 연막을 피우는 조잡한 짓을 했기 때문에 조금 더 잔인하게 죽여야겠다고 마음먹었다.

아무것도 보이지 않았으나 대무영은 최초의 공격이 일곱 자루 검이며 어느 방향에서 찌르고 베어온다는 사실까지 기척만으로 정확하게 간파했다.

쉬카악!

그의 손에서 천지검이 청광(靑光)을 번뜩이면서 짙은 연막 속으로 베어갔다.

워낙 예리한 천하의 명검이라서 천지검이 적의 목을 자르는 어떤 음향도 나지 않았다.

다만 미세한 손의 느낌으로 다섯 명의 목을 벴다는 사실을 알 수 있다.

번쩍!

다섯 명의 목을 벤 즉시 천지검이 재차 청광을 번뜩이며 두 번째 동작을 이어갔다.

'어······.'

그런데 그 순간 그는 주춤했다. 느닷없이 머리가 어지럽고 속이 메스꺼웠기 때문이다. 그러면서 적들을 베어가던 두 번째 동작이 확연하게 느려졌다.

순간 그는 지금도 주위에 자욱한 운무가 연막이 아니라는 사실을 깨달았다.

그것이 무엇인지는 모르지만 들이마시면 치명적인 독무(毒霧)일 것이라는 생각이 뇌리를 스쳤다.

카카카칵!

그 순간 몇 자루 검이 대무영의 목과 심장, 등, 옆구리를 강하게 찌르고 베었다.

하지만 그는 원래 금강불괴지신에 근접한 신체를 지니고 있기 때문에 중후한 내공이 실리지 않은 검에는 살갗에 흠집조차 생기지 않았다. 다만 옷이 여기저기 베어져서 너덜거릴 뿐이다.

'사악한 놈들!'

강호인이라면 무술이나 무공으로 싸워야지 추잡하게 독무 따위를 사용하다니 대무영은 분노가 치솟았다.

촤촤촤악!

그가 주춤하고 있는 사이에 또다시 그의 온몸으로 십여 자루의 검이 쏟아졌다.

그 바람에 입고 있는 옷이 너덜너덜해지고 잘려 나간 옷자락이 허공에 나부꼈다.

그는 잠시 호흡을 멈추고 체내에 있는 청삼족오의 영력을 일으켰다.

일전에 번성현 면막원에서 삼족오검법을 완성했을 때 그는 천지검에 깃들어 있는 청, 적삼족오를 이끌어내서 자신의 몸과 영신합일을 이루었었다.

그 덕분에 소연하고 체내에 나누어 가졌던 암컷 고독을 죽여서 몸 밖으로 배출할 수가 있었다.

평소에 그는 청, 적삼족오를 체내에 지니고 있으나 싸울 때에는 천지검에 주입시킨다.

마음먹기에 따라서는 청, 적삼족오를 체내와 천지검으로 나누어 주입할 수도 있다.
　계속해서 온몸으로 적들의 검이 쏟아져 적중되고 있는 가운데 그는 이윽고 청삼족오로 체내에 흡입한 독무를 배출하는데 성공했다. 설명은 길지만 한 호흡 정도에 불과했다.
　뿐만 아니라 청삼족오의 영력을 일주천한 덕택에 지금부터는 독무를 계속 들이마셔도 중독되지 않게 되었다.
　"이놈들! 다 죽이겠다!"
　대무영은 천지검을 움켜쥐고 독무를 정면으로 뚫고 전진하면서 부드득 이를 갈았다.
　여러 차례나 공격을 받았기 때문에 지금 그의 옷은 누더기나 다름이 없는 몰골이다.
　독무는 퍼지거나 흩어지지도 않고 주위 오 장 이내에 짙은 안개처럼 자욱했다.
　하지만 청삼족오의 영력을 일으킨 대무영에게는 대낮처럼 환하게 잘 보였다.
　쉬아악!
　천지검이 독무를 쪼갰다. 희뿌연 독무 속에서 붉은빛이 번뜩이며 전방과 좌우를 이리저리 베었다.
　그것은 마치 대여섯 명이 동시에 빛처럼 빠른 속도로 검을 휘두른 듯한 광경이다.

스사사……

천지검이 흑의인 다섯 명의 몸을 쪼갰다. 분노한 대무영은 처음처럼 정수리와 목을 정확하게 자르는 수법을 사용하지 않고 천지검이 가는 대로 베었다.

그렇다고 해서 마구잡이가 아니라 정확하게 적의 몸뚱이를 절단하는 것이다.

어느 부위가 됐든 간에 인간이란 몸이 통째로 절단되면 절대로 살지 못한다.

쉬카아—

청삼족오는 현재 대무영의 체내에서 영력을 일으키고 있는 중이라서 지금 휘둘러지는 천지검에는 적삼족오가 깃들어 있다.

짙은 독무 속에서 처음에는 붉은빛으로 번뜩이던 천지검이 이제는 어떤 형상을 만들어내고 있다.

흐릿하지만 그것은 분명히 한 마리 붉은 새, 적삼족오다. 천지검의 칼날이 적삼족오의 모습이 되어 적들의 몸통을 자르고 있는 것이다.

그 광경을 보면 천지검에 적삼족오가 깃들어 있는 것이 아니라 적삼족오가 천지검으로 화한 것 같았다.

청삼족오는 극한(極寒), 적삼족오는 극열(極熱)의 기운이다. 그러므로 대무영이 마음먹기에 따라서는 적을 얼려 버리거나 태워 버릴 수 있다. 하지만 지금은 단지 베어서 죽이는 것에만 주력할 뿐이다.

대무영은 삼족오무를 추면서 종횡무진 좌충우돌 천지검을 긋고 찌르고 베었다.

자욱한 독무 속을 휘젓고 다니는 그의 모습은 그저 흐릿하게만 보였다.

그의 동작은 군더더기 하나 없이 깔끔했으며 치가 떨릴 정도로 빨랐다.

무자비한 살육이 벌어지고 있는데도 처절한 비명 소리는 터지지 않았다.

그저 적들이 죽어가면서 끙끙거리는 듯한 나직한 신음 소리를 답답하게 흘릴 뿐이다.

자욱한 독무 때문에 흑의인들은 대무영의 모습을 제대로 볼 수가 없다.

아니, 본들 소용이 없다. 동쪽에서 동료들을 죽이고 있는가 싶으면 어느새 남쪽에서 다른 동료들의 몸통을 썩둑썩둑 자르고 있었다.

흑의인들로서는 도저히 이해할 수 없는 일들이 목전에서 벌어지고 있었다.

아무리 무공이 고강하다고 해도 독무를 두어 모금 흡입하기만 하면 그 순간 피를 토하면서 쓰러지고 마는데, 어찌 된

일인지 이놈은 처음에 잠시 주춤하는 것 같더니 더 미쳐서 날뛰고 있다.

 또한 동료들이 죽는 모습은 보이지 않고 그저 답답한 신음소리만 여기저기에서 흐릿하게 들릴 뿐이니 귀기스럽기 짝이 없다.

 그리고 발에 밟히는 동료들의 동강난 몸뚱이와 땅에 질편한 핏물이 발목까지 차올랐다. 그로 인해서 움직이는 것 자체가 용이하지 않았다.

 대무영이 어디에서 움직이고 있는지 찾으려고 정신없이 두리번거리다 보면 어느새 시뻘건 새 한 마리가 눈앞에 불쑥 나타났다.

 붉은 새 적삼족오가 나타나는 것을 봤다면 이미 몸통이 절단되어 죽어가고 있는 중이라는 뜻이다.

 열 호흡쯤 지났을 때 비로소 독무가 흩어지기 시작했으며, 그때쯤 이미 적 사십여 명이 죽었다. 최초 열 명까지 오십여 명이다.

 시체는 최초 열 명을 제외하곤 하나같이 몸통이 가로나 세로로 절단되어 피와 내장을 쏟아낸 채 처참한 모습으로 바닥에 즐비하게 깔려 있었다. 마치 이곳이 가축을 잡는 도살장처럼 여겨졌다.

 갈가리 베어져서 펄럭거리는 옷을 입은 데다 적들이 뿜어낸 핏물을 머리부터 발끝까지 뒤집어쓴 대무영이 천지검을 휘두르며 좌충우돌하는 모습은 지옥의 염마왕이나 다름이 없었다.

이윽고 독무가 흩어지면서 대무영의 모습과 바닥에 즐비한 시체들이 드러나자 흑의인들은 움찔하며 반사적으로 공격을 멈추었다.

그래서는 안 되지만 소름끼치는 대무영 모습과 목불인견 처참한 모습으로 죽어 있는 동료들을 보는 순간 반사적으로 몸이 말을 듣지 않았다. 공포는 동작을 둔화시키고 정신을 좌절시킨다.

키우웅—

그들이 본능적으로 움찔 멈췄어도 대무영의 천지검은 적들을 다 죽이기 전에는 멈추는 법이 없다.

삼족오의 울부짖음을 터뜨리며 천지검이 흑의인들을 마구잡이로 휩쓸었다.

찰나지간에 또다시 십여 명이 몸뚱이가 분리되어 피를 뿌리며 와르르 나뒹굴었다.

쉬이이—

그때 어디선가 날카로운 물체가 허공을 가르는 맹렬한 파공음이 터졌다.

오른쪽 머리 높이의 허공이라고 정확하게 감지한 대무영은 천지검을 벼락같이 휘둘렀다.

스가…….

천지검이 허공에서 쏘아오던 뭔가를 베었다. 잘라져서 허공에 떠 있는 것을 보니 화살이다.

두 개의 화살 절반이 잘라졌는데 특이하게도 화살대가 쇠다. 즉, 철전(鐵箭)인 것이다.

쉬이잉—

그 순간 뒤쪽과 왼쪽에서 예의 파공음이 터졌다. 아니, 처음 두 자루 철전의 파공음과 같이 울렸는데 대무영이 뒤늦게 감지한 것이다.

빙글 회전하면서 천지검을 그었다.

가각…….

파공음은 여덟 개를 들었는데 벤 것은 세 개뿐이다. 순간 그는 발끝으로 땅을 박차고 위로 솟구쳤다. 그것으로 세 개를 피하고 왼손으로 하나를 낚아챘다.

퍽!

그리고 마지막 하나가 그의 왼쪽 허벅지에 꽂혔다. 화끈한 느낌이더니 곧 뻐근한 통증이 엄습했다.

그의 몸은 금강불괴지신은 아니더라도 바위처럼 단단해서 도검조차도 상처를 내지 못한다.

그런데 일개 화살이 허벅지에 박혔다. 하지만 화살을 뽑을 수도 확인해 볼 겨를도 없다.

다만 철전인 것으로 미루어 화살촉이 특수할 것이라고 막연하게 짐작할 뿐이다.

왼쪽 허벅지에 철전을 맞고도 대무영의 몸은 숏구치는 관성에 의해 반 장 정도 더 치솟았다.

고개를 돌리면서 철전이 어디에서 날아왔는지를 살피는 한편 머리로는 재빨리 지금의 상황을 정리하고 판단했다.

저만치 우측 칠팔 장 거리의 전각 지붕에 네 명의 흑의인이 활을 들고 있는 것이 보였다.

그리고 또 다른 전각 지붕에노 흑의인 네 명이 활시위를 당기고 있다.

아주 잠깐 봤지만 그들은 계속 대무영에게 화살을 쏘고 있는 중이다.

그들을 처치하지 않으면 대무영이 어딘가에 숨을 수밖에 없다. 그러나 숨는다고 해결되는 것이 아니다. 그는 여기에 숨으려고 오지 않았다.

허벅지의 상처는 대수로운 것이 아니다. 그 정도는 충분히 견딜 수 있다. 문제는 화살을 쏘는 자들이다. 살려두면 계속 괴롭힐 것이다.

그가 아래로 하강하자 기다리고 있던 흑의인들이 검을 움켜잡고 눈을 살기로 번들거리며 잔뜩 벼르고 있다. 동료들을 그처럼 많이, 또 무참하게 죽였으면 겁을 먹거나 주눅이 들만

도 한데 그들은 전혀 개의치 않았다.
 탓!
 대무영은 땅에 내려서면서 천지검을 휘둘러 흑의인 다섯 명의 몸뚱이를 잘랐다. 아직도 그의 분노는 풀어지지 않았으므로 여전히 적들에게 온전한 시체를 남기는 자비를 베풀지 않았다.
 슈우…….
 그는 칠팔 장 거리의 전각 지붕을 향해 무서운 속도로 쏘아 가면서 맹렬히 천지검을 전후좌우로 휘둘러 자신을 향해 쏘아오는 철전들을 퉁겨내거나 잘랐다.
 그가 표적으로 삼은 첫 번째 전각 지붕의 네 흑의인은 대무영이 돌진해 오는 것을 보고 서둘러 철전을 장전하고 연이어서 발사하는데 그 솜씨가 능숙했다.
 대무영은 거리가 오 장으로 좁혀졌을 때 천지검을 쭉 뻗으며 삼족오검법의 불꽃쏘기를 전개했다.
 후오오―
 천지검 검첨에서 폭발하듯이 시뻘건 불기둥이 뿜어졌다.
 막 철전을 발사한 전각 지붕의 흑의인들은 자신들을 향해서 마치 작은 태양이 긴 불꼬리를 남기면서 무서운 속도로 쏘아오는 것을 보고 크게 놀랐다.
 그들이 피하려고 할 때 불기둥은 이미 일 장까지 쇄도했으며, 아가리를 크게 벌리고 있는 한 마리 새, 즉 적삼족오의 모습을 하고 있었다.

 그들은 다급한 나머지 당기고 있던 철전을 적삼족오를 향해 발사했다.

 투앙! 타앙!

 그러나 철전들은 적삼족오에 닿자마자 순식간에 엿가락처럼 흐물흐물해지더니 곧 시뻘건 쇳물이 되어 아래로 주르륵 떨어졌다.

 쾅!

 마침내 적삼족오가 전각 지붕 네 명의 흑의인이 모여 있는 한복판에 적중되자 폭음이 터지면서 불길이 확 사방 일 장 이내를 집어삼켰다.

 네 명의 흑의인은 온몸이 폭발하여 시커멓게 타버린 팔다리와 조각난 육편들이 사방으로 우박처럼 튕겨나갔다.

 불꽃쏘기는 검강처럼 가늘게 발출할 수도 있으나 대무영은 네 명의 흑의인을 한꺼번에, 그리고 참혹하게 죽이려고 더 굵은 적삼족오를 쏘아냈다.

 그는 한 차례 불꽃쏘기를 발출하자마자 다음 표적을 향해 재빨리 돌아서려는데 불과 일 장 전면에서 네 자루 철전이 무서운 기세로 쏘아오는 것을 발견하고 다급히 천지검을 휘둘렀다.

 퍽!

 그러나 철전 세 자루는 잘랐으나 한 자루가 오른쪽 가슴에 쑤셔 박혔다.

그는 잠시 주춤했다가 또 다른 네 명의 흑의인이 있는 전각을 향해 저돌적으로 달려가며 천지검을 머리 위로 치켜들었다.

그러자 지상에 있는 흑의인들이 그의 앞을 가로막고 또한 좌우에서 파도처럼 덮쳐오며 공격을 퍼부었다.

대무영은 적들이 검으로는 자신을 어떻게 할 수 없기 때문에 그들의 공격은 무시하고 계속 질주하면서 사오 장 전방 전각 지붕에서 재차 철전을 발사하고 있는 네 흑의인을 향해 불꽃쏘기를 발출했다.

후오오―

첫 번째보다 더욱 붉으면서 굵은 불덩이가 천지검에서 뿜어지더니 긴 꼬리를 남기면서 날아가는 도중에 적삼족오의 섬뜩한 모습으로 변했다.

꾸아아악!

전각 지붕에 있는 네 흑의인에게만 적삼족오의 고막을 찢을 듯한 포효가 들렸다.

콰릉!

천지를 들썩이게 하는 폭음과 함께 시뻘건 불길이 전각 지붕 전체로 파도처럼 휩쓸었다. 첫 번째 불꽃쏘기보다 두 배 이상 강력한 폭발이다.

第八十二章
목줄 죄기

별채 안의 도해는 대무영에 대한 걱정 때문에 앉아 있지도 못하고 창 앞에 서서 조금 열어놓은 창틈으로 보천내가 쪽을 뚫어지게 주시하고 있다.

그렇지만 저만치 어둠 속에 보천내가의 높은 담이 가로막힌 것만 보일 뿐이고 아무 소리도 들리지 않았다.

그녀는 내무영이 있을 때에는 천하에서 가장 배포가 큰 여걸처럼 행동했으나 막상 그를 혼자 보내놓고는 어린아이를 물가에 보낸 것처럼 안절부절못하고 있다.

'호위고수 열 명쯤이야…….'

그렇게 생각하면서 애써 위로를 하며 몸을 돌렸다.

"......!"

그런데 그때 침상에 누워 있는 적아가 입초리를 비틀면서 야릇한 미소를 짓고 있는 것을 발견하고 움찔 불길한 예감이 확 밀려들었다.

도해는 한달음에 적아에게 달려들며 잡아먹을 듯이 낮은 목소리로 으르렁거렸다.

"너, 무슨 수작 부린 거지?"

적아는 침상에 혼자 알몸으로 사지를 벌린 채 누워 있는데 온몸이 핏물 속에 담갔다가 꺼낸 것처럼 피투성이 처참한 몰골이다.

그녀에게서 실토를 받아내기 위해서 대무영이 무영검으로 온몸에 수십 개의 구멍을 뚫었기 때문이다.

되도록 고통은 크게 느끼게 하면서 피는 잘 나오지 않고 또 생명에는 지장이 없는 부위만을 골라서 찔렀다. 그렇다고는 해도 피가 전혀 나오지 않을 수는 없었다.

처음에 적아는 아무리 고문을 당해도 절대로 입을 열지 않겠다고 작심했으나 매에는 장사가 없듯이 고통 앞에서는 제 아무리 견고한 작심도 속절없이 무너질 수밖에 없어서 술술 실토하고 말았다.

지금 적아는 고통이 한계를 넘어서 몸뚱이는 아예 없으며 머리만 남아 있는 것 같은 느낌이다.

그러면서도 대무영이 용담호혈(龍潭虎穴)이나 다름이 없는 보천내가에서 지금쯤 죽었을지도 모르고, 설혹 살아 있다고 해도 처절한 고통을 당하면서 죽기 직전의 상황에 처해 있을 것이라는 상상을 하자 자신도 모르게 저절로 입가에 엷은 미소가 번졌던 것이다. 그리고 하필 그것을 도해에게 들키고 말았다.

"말해라, 이년. 눈알을 뽑아버리기 전에."

도해는 자신이 느낀 불길함이 어쩌면 대무영이 변을 당할지도 모른다는 생각에 즉시 품속에서 단검을 꺼내 뾰족한 검첨을 적아의 왼쪽 눈에 찌를 듯이 바짝 갖다 대고 그녀의 아혈을 풀어주었다.

"……."

그러나 적아는 돌처럼 경직된 표정만 지을 뿐 아무 말도 하지 않았다.

"네년이 내 인내심을 시험하는 것이냐? 그럼 좋다."

"아… 말하겠다……."

"늦었다. 이년아."

푹!

"악!"

도해는 단검을 그대로 적아의 왼쪽 눈에 쑤셔 박았다가 국자로 물을 푸듯이 떠냈다. 그러자 단검에 꽂힌 눈알이 딸려

올라왔다.

그녀는 도해가 온몸을 바들바들 떨면서 비명을 지르려고 하자 즉시 아혈을 제압했다.

침상에서 약간 떨어진 곳 술상이 차려진 탁자 옆에 나란히 붙어 앉아서 옹송그리고 겁에 질려 있는 파로와 서가는 도해 쪽을 보면서 얼굴이 하얗게 질렸다.

적아는 눈알이 없는 휑하게 구멍이 뚫어진 왼쪽 눈에서 꾸역꾸역 피를 흘리면서 하나뿐인 눈을 찢어질 듯이 부릅떴고 크게 벌린 입에서도 핏물이 흘러나왔다.

도해는 단검에 뚫려 있는 눈알을 털어버리고 다시 검첨을 적아의 하나 뿐인 오른쪽 눈에 들이밀었다.

"이년아. 장님이 되기 싫으면 이젠 제대로 말하는 게 좋을 거야."

흰 이를 드러내면서 잔인하게 웃는 도해를 보면서 적아는 입에서 게거품을 토해냈다.

도해는 다시 적아의 아혈을 풀어주었다.

"자, 말해라."

"이년아! 차라리 나를 죽여라!"

순간 적아는 이성을 잃어버리고 비단을 찢는 것처럼 날카롭게 외쳤다.

이 지경이 돼서 목숨을 부지하느니 죽는 게 낫다는 생각을 마지막으로 하고 미쳐 버렸다.

움찔 놀란 도해는 급히 그녀의 아혈을 다시 제압했다.

"이 죽일 년······."

쾅······.

그때 보천내가가 있는 방향에서 굉렬한 폭음이 터지자 도해는 반사적으로 펄쩍 뛰어 침상에서 뛰어내려 한달음에 창으로 달려갔다.

"영랑······."

침상에서만 부르던 대무영의 호칭이 그녀의 파랗게 질린 입술 사이로 흘러나왔다.

방금 그녀가 들었던 것은 폭약이 폭발할 때 나는 폭음이 틀림없었다.

대무영은 귀신처럼 보천내가에 잠입했다. 그러므로 갑자기 저런 폭음이 터졌다는 것은 그가 발각됐으며 위험에 처했다는 뜻이다.

왈칵!

그런데 도해가 어떻게 해야 할지 결정을 내리지 못하고 있을 때 갑자기 별채 문이 거칠게 열리면서 명야루주와 총관이 구르듯이 달려 들어오며 외쳤다.

"총루주!"

도해는 급히 그녀들을 쳐다보다가 당황했다. 그녀들이 올 것이라고는 예상하지 못했었다. 하지만 보천내가 안에서 폭음이 터졌으니까 총루주인 적아의 명령을 받으러 온 것이 분명하다.

도해는 총명하기는 하지만 그런 데까지는 머리가 핑핑 돌아가지 못한다.

그러나 도해만 놀란 것이 아니다. 별채 안에 벌어져 있는 전혀 예상하지 못했던 처참한 광경에 명야루주와 총관 얼굴에 경악이 가득 떠올랐다.

두 여자의 시선은 제일 먼저 침상으로 향했다. 침상 전체가 피범벅이고 침상 위에는 성별을 구별하기조차 어려운 한 사람이 피투성이가 되어 누워 있었다.

하지만 그녀들은 침상 위의 고깃덩이나 다름이 없는 피투성이가 적아일 것이라고는 전혀 생각하지 않았다. 적아의 무공이 상당한 수준임을 알기 때문이다.

명야루주가 자신과 시선이 마주친 도해에게 물었다.

"총루주는… 아니, 루주는 어디에 있죠?"

두 여자는 여자의 모습을 되찾은 도해가 처음에 손님으로 맞이했던 그 남장 여자일 것이라고 판단했다.

"그녀는 여기에 없어요."

도해는 천천히 두 여자에게 다가가며 말했다. 그녀들의 실력이 어느 정도인지 모르기 때문에 최대한 가까이 다가가서 죽이려는 것이다.

"그럼 루주는 어디에 가셨죠?"

"그걸 내가 어떻게 알겠어요?"

도해는 뾰족하게 대꾸하며 두 여자의 세 걸음까지 접근하고 있었다.

그때 두 여자는 도해의 오른손에 쥐어져 있는 피 묻은 단검을 발견하고 흠칫했다.

도해는 그녀들이 자신의 단검을 발견했다는 것을 깨닫고 즉시 덮쳐가며 명야루주의 목을 겨냥하고 번개같이 단검을 쭉 뻗었다.

"앗!"

명야루주는 급히 피하려고 했으나 도해의 공격이 워낙 빨라서 목 중앙이 아니라 옆을 찔리고 말았다.

푹!

"윽!"

쉬익!

도해는 단검을 눕혀서 수평 오른쪽으로 재빨리 뻗어서 명야루주의 복을 찢는 것과 동시에 오른쪽에 있는 총관의 목을 베어갔다.

명야루주와 총관은 일류고수 수준이지만 도해하고 이대일로 싸워도 당해내지 못했을 것이다.

팍!

"끅!"

도해의 단검이 총관의 목마저도 가로로 뎅겅 잘라 버렸다.

도해는 그것으로 끝인 줄 알았다. 하지만 활짝 열려 있는 별채 밖에서 대기하고 있던 다섯 명의 호위고수가 그 광경을 목격하고 우르르 안으로 쏟아져 들어오면서 그녀를 공격하기 시작했다.

차차차창!

도해는 느닷없이 다섯 명의 합공을 받고 당황하여 급히 어깨의 검을 뽑아 방어했지만 싸움 시작부터 주저앉을 것처럼 뒤로 밀렸다.

다섯 명의 고수 중에 한 명이 싸우면서 실내를 재빨리 둘러보다가 침상의 적아를 발견했다.

그는 그 고깃덩이가 적아라는 것을 알아보지는 못했으나 일단 확인해 봐야겠다고 침상으로 다가갔다.

도해는 고수 한 명이 적아에게 가는 것을 힐끗 봤으나 네 명에게 합공을 당하느라 어떻게 해볼 재간이 없었다.

도해는 적들과 십여 합 정도 겨루어보니까 세 명쯤이면 팽팽하게 싸우면서 무슨 수를 내어 전세를 뒤집을 수도 있겠는데 네 명이라서 자신이 조금 열세라는 판단을 했다.

파로와 서가는 한쪽 구석으로 가서 서로 꼭 안은 채 오들오들 떨고 있었다.

　침상으로 온 고수는 적아의 참혹한 모습을 보고 절로 진저리를 쳤다.

　그녀는 전라의 몸으로 누워 있으나 얼굴부터 발끝까지 피투성이라서 나신으로는 보이지 않았다.

　적아는 자신을 살펴보고 있는 고수를 향해 하나뿐인 눈을 미친 듯이 깜빡거리고 눈동자를 굴리면서 어서 혈도를 풀라는 신호를 보냈다.

　고수는 그녀의 뜻을 알아차리고 그녀의 턱과 목을 더듬어서 아혈을 풀어주었다.

　"어서 저 년을 죽이고 침입자가 있다고 모두에게 알려라! 대무영이 보천내가에 침입했다!"

　"……."

　고수는 적아가 느닷없이 폭포처럼 고함 소리를 쏟아내자 어리둥절했다.

　"이놈아! 총루주를 못 알아보는 것이냐?"

　"앗! 알겠습니다!"

　적아가 피를 토하듯이 소리치자 고수는 화들짝 놀라 급히 도해 쪽으로 달려갔다.

　적아가 도해를 죽이고 나서 침입자가 있다고 모두에게 알리라고 명령했기 때문이다.

"이놈아! 내 마혈부터 풀어라!"

적아는 자신이 너무 흥분해서 명령의 순서를 뒤죽박죽 했다는 것은 모르고 고수에게 바락 악을 썼다.

도해 쪽으로 달려가던 고수가 놀라서 되돌아오려고 하는데 갑자기 별채 밖에서 누군가의 고함 소리가 터졌다.

"조장! 어디에 있는 거야?"

"주군! 속하들이 왔습니다!"

순간 모두들 움찔했다.

도해는 그 목소리가 북설과 진복의 것이라는 것을 알아차리고 급히 외쳤다.

"여기야!"

그러면서 잠깐 멈칫한 적 중에서 한 명의 심장에 깊숙이 검을 꽂았다.

푹!

"끄윽……."

그리고 그때 도해의 외침을 듣고 북설을 필두로 진복과 이반, 면사로 얼굴을 가린 주고후가 각자의 무기를 움켜쥔 채 별채 안으로 벼락같이 들이닥쳤다.

"이것들 다 죽여!"

북설 등의 출현으로 용기백배한 도해는 눈에서 불을 뿜을 듯이 외치고 적아에게 달려갔다.

진복과 이반, 주고후가 적들에게 달려들고 있는데 북설만 도해에게 딴죽을 걸었다.
"너 지금 나한테 명령했니?"
도해는 침상으로 뛰어 오르면서 북설을 보며 눈이 시퍼래져서 악을 썼다.
"하라면 해!"
"네."
북설은 도해의 서슬에 기가 죽어 공손히 대답하고 싸움에 가담했다.
도해는 침상에 우뚝 서서 적아를 잔인하게 굽어보았다.
"이년, 껍질을 벗겨 버리겠다."
"으으······."
적아는 하나뿐인 눈에 가득 공포가 떠올라 부들부들 온몸을 떨어댔다.

명야루의 호위고수는 모두 삼십여 명이다. 그들은 보천내가에서 최초의 폭음이 터졌을 때 모두 그 쪽으로 몰려가고, 명야루주와 총관, 다섯 명의 호위고수만 별채로 왔었다.
도해와 북설 등은 호위고수 다섯 명을 다 처치하고 대무영을 도우려고 별채를 달려나갔다.
"이반! 넌 저년 지켜라!"

도해가 달려가면서 명령하자 이반은 우뚝 멈춰서 어이없는 표정을 지었다.
"지금 나한테 명령······."
[쟤 건드리지 마라.]
이반이 반발하려는데 북설의 전음이 들려왔다. 북설은 저만치 달려가면서 이반을 돌아보며 손으로 다독이는 시늉을 해보였다.
[나중에 내가 도해를 혼내주마.]

도해와 북설 등이 보천내가의 높은 담을 넘었을 때 그곳에서는 한창 치열한 싸움이 벌어지고 있었다.
아니, 싸움이 아니라 일방적인 도륙이었다. 한가운데 온몸에 피를 뒤집어쓴 혈인(血人) 한 명이 자신을 포위한 이십여 명을 무차별 죽이고 있었다.
혈인은 왼쪽 허벅지와 오른쪽 가슴에 화살을 꽂고 있으며 피범벅이라서 많이 다친 것처럼 보였다.
혈인의 겉모습만으로는 그가 대무영이라는 것을 알아볼 수가 없었다.
하지만 수십 명의 적에게 둘러싸여 합공을 받으면서도 저토록 늠름하게 패도적으로 싸울 수 있는 사람은 대무영뿐이라고 도해와 무영단원들은 생각했다.

도해와 무영단원들을 경악하게 만든 광경은 넓은 풀밭과 마당에 잔뜩 어지럽게 깔려 있는 백여 구에 이르는 처참한 시체였다.

그 시체 중에서 제대로 온전한 몸을 지니고 있는 것은 하나도 없었다.

거의 대부분 몸통이 절단됐으며 이따금 목이 잘리거나 머리가 세로로 갈라진 것이 보였다.

"죽어랏! 개새끼들아!"

모두들 너무나도 참혹한 상황에 잠시 얼어붙어 있는데 갑자기 주고후가 고함을 지르면서 적들에게 달려가며 허리띠에 차고 있는 망사린 네 개를 쏘아냈다.

쉬리링—

그제야 번쩍 정신이 든 도해와 북설, 진복은 곧장 적들을 향해 덮쳐갔다.

도해와 무영단원들이 합세하고 나서 채 반각이 지나기 전에 싸움이 끝났다.

"영랑!"

"조장!"

도해와 북설, 무영단원들은 우뚝 서 있는 대무영에게 달려가며 외쳤다.

대무영은 머리끝에서 발끝까지 피를 뒤집어쓰고 눈만 반짝거리는 모습으로 미소를 지었다.

"다친 사람은 없느냐?"

"자기 걱정이나 하지 누굴 걱정해?"

북설이 볼멘소리를 하며 대무영의 가슴과 허벅지에 꽂혀 있는 철전을 번갈아 쳐다보고 나서 가슴의 철전을 뽑으려고 붙잡았다.

"안 돼."

진복이 말리자 북설은 눈을 부라렸다.

"왜 그래?"

"화살에는 미늘이 있어서 그냥 뽑으면 안 된다. 그리고 화살이 혈맥을 찌르고 있다면 뽑는 순간 피가 뿜어져서 위험해질 수 있다."

"그… 래?"

화살에 대해서 잘 모르는 북설은 뜨악한 표정을 지었다.

대무영은 철전을 뽑을 겨를이 없었을 뿐이지 지금 그냥 뽑아도 된다고 생각했지만 진복을 무안하게 만들고 싶지 않아서 가만히 있었다.

"다 처치한 거야?"

"그런 것 같다."

북설의 물음에 대무영은 주위를 둘러보고 나서 고개를 끄떡였다.

"한번 둘러보자."

대무영이 왼쪽으로 걸어가면서 손으로 오른쪽을 가리키자 진복과 주고후가 그쪽으로 향했다.

도해는 급히 대무영을 따르면서 진복에게 일러주었다.

"돈이 있을 만한 곳을 찾아봐요."

"돈? 무슨 돈?"

도해가 대무영 옆에 바싹 붙어서 나란히 걸어가자 북설이 옆으로 오며 의아한 표정으로 물었다.

그러나 도해는 대답하지 않고 걱정스러운 듯 대무영을 바라보았다.

"치료하지 않아도 괜찮겠어요?"

"나중에 하자."

대무영은 피범벅인 손으로 도해의 머리를 쓰다듬었다. 그 바람에 그녀의 머리카락에 피가 흠뻑 묻었으나 그녀는 기쁜 표정을 지었다.

북설은 대무영과 도해가 아까 저녁나절에 헤어졌을 때보다 더 많이 가까워진 것을 느낄 수 있었다.

세 사람은 전각들을 계속 살피면서 서쪽을 향해 걸어갔으나 보천기집의 자금이 있을 만한 전각이나 수상한 자들을 발견하지 못했다.

명야루나 이곳 보천내가는 무인지경인 것이 분명하다. 이곳에는 대무영 일행과 명야루의 기녀들, 그리고 숙수, 하녀들밖에 없다.

이윽고 세 사람이 가장 서쪽에 있는 어느 전각 앞에 이르렀을 때 맞은편에서 진복과 주고후가 걸어왔다.

"눈에 띄는 전각은 없습니다."

주고후가 대무영이 서 있는 전각의 전문을 가리켰다.

"여기에 뭔가 있을 것 같은데?"

전각의 전문이 시커먼 색의 철문이었기 때문이다. 그리고 전각 전체는 몇 층인지 알 수 없으며 창도 하나 없는 완전히 봉쇄된 상태였다.

더구나 빈틈이 없다. 보통 흔히 말하는 '빈틈'이 아니라 종잇장 하나 비집어 넣을 틈조차 없다.

마치 거대한 바위의 속을 파내서 전각을 만들고 입구에 커다란 철문을 단 것 같은 모습이다.

"무슨 돈인데?"

아무것도 모르는 북설은 의아한 표정으로 대무영과 도해를 번갈아 쳐다보면서 물었다. 궁금하기는 진복과 주고후도 마찬가지였다.

"여기에 보천기집에서 모아놓은 돈이 있을 거야."

도해가 철문에서 시선을 떼지 않으며 설명했다.

"보천기집……."

북설과 진복, 주고후는 놀랍다는 듯 철문을 바라보았다.

잠시 후에 주고후가 징그러운 웃음을 흘렸다.

"클클클… 우리가 여길 털면 적사파울 놈은 완전히 알거지가 되겠군."

"푸헤헤! 그놈 눈이 뒤집혀서 미쳐 날뛸 거야."

북설이 맞장구쳤다.

그러자 주고후가 찬물을 끼얹었다.

"그런 건 저 철문을 부순 다음에 일이야."

모두들 이끌리듯이 대무영을 쳐다보았다. 자신들로서는 철문을 열거나 부술 방법이 없지만, 대무영은 할 수 있을 것이라고 믿었다.

지금까지 그랬던 것처럼, 대무영은 어떤 어려운 일이나 난관이라도 거침없이 헤쳐 나갈 것이다. 옛말에 그물이 삼천 코라도 벼리가 으뜸이라고 하지 않았는가. 무영단원들은 물론이고 향격리랍의 수많은 고구려인에게 대무영은 벼리와 같은 존재다.

대무영은 천천히 철문 앞으로 다가갔다.

"물러서라."

도해와 북설 등은 그가 철문을 부수려 한다고 생각하여 뒷걸음쳐서 멀찍이 물러났다.

대무영은 철문 열 걸음 앞에 멈추고 천지검으로 철문을 가를 것인가, 아니면 삼족오검법 마지막 수법인 짓뭉개기를 사용할 것인가를 잠시 생각했다.

두 방법 다 결과를 자신할 수 없다. 이 철문의 두께가 과연 얼마나 되고 무엇으로 만들어졌는지 알 수가 없어서다. 그러나 시도를 해봐야 한다.

적사파울에게 치명타를 안기려면 무슨 일이 있어도 철문 안의 돈을 가져가야만 한다.

적사파울에게 해가 되는 일이라면 대무영은 무슨 짓이라도 마다하지 않을 것이다.

잠시 생각한 끝에 대무영은 짓뭉개기를 시도하기로 했다. 두 번 세 번 거듭할 수는 없으므로 한 번에 성공시킬 생각으로 전신의 외공기와 청, 적삼족오의 기운을 끌어올려 지그시 철문을 쏘아보았다.

짓뭉개기는 단지 천지검만으로 전개하는 것이 아니다. 천지검과 온몸을 통해서 한쪽 방향이나 여러 방향으로 전신의 외공기와 청, 적삼족오의 기운을 뿜어내는 것이다.

후우우…….

그때 우뚝 서 있는 대무영의 몸에서 흐릿한 푸른 기운과 붉은 기운이 안개처럼 흘러나오기 시작했다.

도해와 북설 등은 긴장하여 숨을 멈추고 뚫어지게 대무영을 주시했다.

그들은 대무영의 무공 수준, 아니, 능력이 어느 정도인지 제대로 모르고 있다.

예전 단목검객 시절에 비해서 많이 발전했을 것이라고 짐작만 할 뿐이지 그가 진실한 무공을 펼치는 것을 실제로 본 적은 없었다.

"뭐야? 저게……."

대무영을 지켜보던 무영단원 누군가의 입에서 혀가 목 안으로 말려 들어가는 듯한 목소리가 흘러나왔다.

대무영의 몸에서 흘러나온 푸르고 붉은 기운이 점차 짙어져서 두 마리의 커다란 새의 형상을 갖추고는 그의 몸 주위를 천천히 회전하고 있었다.

"청, 적삼족오야……."

도해가 넋이 나간 듯 중얼거렸다. 그녀는 대무영이 삼족오 검법을 완성했다는 사실을 알고 있었다.

청, 적삼족오는 회전하면서 하나로 합쳐지더니 어느덧 한 마리의 삼족오로 화했으며 푸른색과 붉은색이 뒤섞인 멋진 모습을 만들었다.

그걸 보고 도해가 다시 중얼거렸다.

"저 삼족오는 태극(太極)처럼 생겼는데……."

바로 그 순간 대무영이 두 손으로 잡은 천지검을 힘껏 앞을 향해 뻗었다.

그러자 강렬하고 눈부신 빛을 발하고 있던 한 마리 삼족오가 돌연 철문을 향해 쏘아갔다.

쿠오오오—

마치 전설이나 신화의 한 장면을 보고 있는 듯한 착각에 빠진 도해와 북설 등은 주먹을 움켜쥐고 숨을 멈춘 채 극도로 긴장하여 지켜보았다.

쩌쩌쩡—

삼족오가 철문에 충돌하는 순간 고막을 찢고 심장이 벌렁거리는 굉음이 터졌다.

그리고 무형의 여파가 거세게 밀려와서 도해와 북설 등을 뒤로 날려 버렸다.

"우왓!"

"앗!"

그들은 원래 있던 자리에서 삼사 장이나 날려갔다가 지상에 내려서서 중심을 잡고는 급히 철문을 쳐다보다가 혼비백산하고 말았다.

커다란 철문 한가운데에 두어 사람이 나란히 서서 들어갈 수 있을 정도의 구멍이 뻥 뚫려 있었다.

뚫어진 구멍의 단면(斷面)이 안쪽으로 휘어졌는데, 그 두께가 무려 두 자에 이르렀다. 그 엄청난 두께의 철문을 대무영이 단번에 뚫은 것이다.

도해와 북설 등은 경악과 감탄의 표정으로 철문 앞에 천신처럼 우뚝 서 있는 대무영을 바라보았다.

그의 무위가 높을 것이라고는 예상했지만 설마 이 정도일 줄은 상상도 하지 못했었다. 이 순간의 그는 사람이 아니라 천신처럼 보였다.

이윽고 도해와 북설 등이 정신을 차리고 대무영에게 다가가려는데 그가 갑자기 왼손을 들어 그대로 있으라는 손짓을 해보였다.

그들이 움찔하며 그 자리에 멈추자 그때 철문의 뚫어진 곳을 통해서 한 인물이 느릿하게 밖으로 나왔다. 대무영은 철문 안에 누가 있다는 사실을 감지했던 것이다.

도해 등은 아연 긴장했으나 대무영은 그 자리에서 한 걸음도 움직이지 않은 채 자신을 향해 다가오는 인물을 묵묵히 지켜보았다.

그 인물은 평범한 황의 장포를 입었으며 오십여 세의 나이에, 약간 네모각진 얼굴에 상투를 틀고 검은 수염을 가슴까지 기른 위엄하면서도 다부진 외모를 지녔다.

당당한 체구에 한 자루의 금빛 대도를 왼손에 쥐고 있는 그는 대무영 세 걸음 앞에 마주보고 멈추었다.

대무영은 그가 처음 보는 얼굴이지만 만만하지 않은 고수라는 것을 첫눈에 알아보았다.

 황포인은 조금도 동요하지 않는 얼굴로 물끄러미 대무영의 모습을 살펴보았다.

 마치 저 엄청난 두께의 철문을 박살 낸 것이 바로 너냐고 묻는 듯한 시선이었다. 하지만 놀라거나 위축된 듯한 표정은 아니었다.

 대무영은 황포인이 누구냐고 묻지 않았다. 침묵하고 있으면 상대가 먼저 말을 꺼낸다는 것을 경험으로 알고 있기 때문이다.

 과연 대무영의 예상대로 황포인이 먼저 말문을 열었다. 그는 엄지손가락을 세워 어깨 너머로 뒤쪽 철문을 가리키며 웅웅 울리는 듯한 묵직한 목소리를 냈다.

 "저길 들어가려는 것이냐?"

 대무영이 가볍게 고개를 끄떡이자 황포인은 천천히 왼손에 쥐고 있는 대도를 뽑았다.

 "그렇다면 나를 쓰러뜨려야 할 것이다."

 도실(刀室)에서 뽑힌 대도는 매우 특이한 모습이었다. 보통의 도보다 폭이 세 배 가까이 넓고 전체가 눈부신 금빛을 뿜어냈다.

 그리고 도의 옆면에 불그스름한 문양이 새겨져 있는데 자세히 보니 그것은 아수라(阿修羅)의 형상이었다.

그것을 본 진복이 몸을 움찔 떨며 얼굴색이 변했다.

"금마절도(金魔絶刀)!"

그의 나직한 외침에 북설은 흠칫 놀라고 강호 경험이 거의 없는 도해와 이반, 주고후는 의아한 표정을 지었다.

"진복, 저자가 금마절도가 틀림없어?"

"음… 그렇다. 처음에 저자를 봤을 때 소문으로 들었던 어떤 인물과 비슷하다는 생각을 했었는데 도신에 아수라가 새겨진 금마도(金魔刀)를 보고서야 그가 누군지 분명히 알게 되었다."

"맙소사……."

도해와 이반, 주고후는 강심장인 북설의 안색이 하얗게 질리는 것을 보고 불길함이 엄습했다.

"설 누님, 도대체 금마절도가 누군데 그러는 거요?"

평소에 북설을 누나로 대하는 이반이 궁금함을 참지 못하고 물었다.

"멍청이, 쟁천십이류의 절대 중 한 명인 금마절도를 모른다는 말이냐?"

"지… 절대……."

도해와 이반. 주고후는 얼굴이 사색으로 변했다. 저기 대무영 앞에 서 있는 황포인이 쟁천십이류의 제이등급인 절대라는 사실 때문이다.

목줄 죄기 153

쟁천십이류라는 무림체계가 시작된 지난 백여 년 동안 절대는 불과 십오 명뿐이었으며, 당금강호에는 단 세 명뿐이라고 알려져 있다.

대무영은 진복과 북설의 말을 듣고 자신의 세 걸음 앞에 서 있는 인물이 쟁천십이류 절대인 금마절도라는 사실을 알게 되었다.

그 사실을 알고 나서 두려움보다는 한 가지 의문이 생겼다. 이런 굉장한 인물이 어째서 보천내가에서 돈을 지키는 한낱 금고지기 따위를 하고 있는가, 라는 의문이다.

"당신은 적사파울과 어떤 관계요?"

그래서 물어보지 않을 수가 없었다.

"적사파울이 누구냐?"

금마절도는 적사파울이 누군지도 모르면서 그의 하수인 노릇을 하고 있는 것이다. 그것이 더 대무영의 궁금증을 증폭시켰다.

"당신은 무엇 때문에 이곳에 있는 것이오?"

그래서 질문을 바꿨다.

"나는 혈천황하고 대결하여 오십이 초 만에 패하여 십 년 동안 그의 종복이 되기로 맹세했다."

적사파울의 또 다른 신분이 혈천황이라고 대천계의 광황계주가 대무영에게 말한 적이 있었다.

쟁천십이류 절대인 금마절도를 오십이 초 만에 이기다니 적사파울의 실력은 상상했던 것보다 훨씬 고강했다. 그렇다는 것은 적사파울이 쟁천십이류의 최고봉인 천무하고도 어깨를 나란히 할 수 있다는 뜻이 아니겠는가.

"그래서 이곳을 지키고 있는 것이오?"

"그렇다."

대무영은 어떤 생각이 뇌리를 스쳤다.

"언제 혈천황하고 싸웠소?"

"다섯 달 전이다."

만약 적사파울이 더 오래전에 금마절도를 종복으로 거두어 남북금창을 지키게 했다면, 대무영은 결코 남북금창의 돈을 강탈할 수 없었을 것이다.

어째서 적사파울은 하필이면 다섯 달 전에 금마절도와 싸웠던 것인가.

대무영은 그런 의문이 생겼다. 다섯 달 전이면 대무영이 남북금창을 털고 나서 향격리랍에 있을 때다.

어쩌면 적사파울은 남북금창이 털리고 나서야 소 잃고 외양간 고치는 조지를 취했을지도 모른다. 마지막 남은 보천내가만은 지켜야 한다는 생각에 금마절도와 싸워 이겨서 그를 금고지기로 만들었을 것이다. 지금으로썬 그렇게밖에는 생각할 수가 없다.

하지만 적사파울이 그런 굉장한 실력을 지니고 있다면, 어째서 지금까지 그런 실력을 발휘하지 않은 것인가.

아니면 발휘할 필요가 없었던 것인가. 그의 목적은 아들 적야울탄을 시켜서 새로운 요나라를 건국하는 것이고, 고구려와 발해의 후예들을 척살하는 것이므로 거기에 필요한 것은 막대한 돈이었다.

그래서 무공을 사용하는 것보다는 돈을 버는 일에 주력했을 수도 있다.

그런데 그 돈을 모아둔 남북금창이 깡그리 털렸다. 그것은 새로운 요나라 건국에 필요한 자금이 절대적으로 부족해졌다는 뜻이다.

마지막 남은 보천내가를 지키기 위해서 금마절도와 싸워 이겨 금고지기로 만들었다.

그것은 그가 숨겨두었던 무공을 사용하기 시작했다는 의미일 수도 있다.

과연 그는 금마절도 한 명하고만 싸웠을까? 아닐 것이다. 기왕지사 무공을 사용하기로 작정했다면, 그것을 새로운 돌파구로 결정했을 수도 있다.

'적사파울이 또 다른 수작을 꾸미고 있는 것인가?'

대무영은 적사파울이 뭔가 음모 같은 것을 꾸미고 있는 것이 틀림없다고 생각했다. 하지만 그것이 무엇인지는 알 수가 없다.

어쨌든 지금은 금마절도를 극복하고 철문 안으로 들어가야만 하는 상황이다. 대무영은 턱으로 철문을 가리키며 조용히 말했다.

"나는 지금부터 저곳에 들어가려고 하는데 당신은 나를 막을 생각이오?"

"그렇다."

"혹시 당신은 혈천황으로부터 이곳을 지키라는 명령을 받은 것이오?"

"그렇다."

자신의 명성으로는 다분히 모멸스러운 대답을 하면서도 금마절도는 표정이 전혀 변하지 않았다.

"혈천황이 누군지 아시오?"

"모른다. 알고 싶지도 않다."

대무영은 금마절도에게 혈천황의 정체를 밝혀서 스스로 물러서게 하는 것은 어렵다고 판단했다.

그가 보기에 금마절도는 매우 고지식해서 어떤 말로도 회유할 수 없을 것 같았다.

"그렇다면 우리는 싸울 수밖에 없겠군."

대무영의 말에 금마절도는 대꾸하지 않고 천천히 수중의 금마도를 들어 올려 가슴 앞에 비스듬히 세웠다.

도해와 북설 등은 몹시 걱정스런 표정으로 대무영을 바라보았다.

그들은 대무영이 다치지 않은 상태에서도 절대인 금마절도와 싸우는 것은 무리라고 생각했다.

하물며 허벅지와 가슴에 화살을 꽂고, 조금 전에 큰 싸움을 끝낸 상태에서 어떻게 금마절도하고 싸우려는 것인지 걱정이 앞섰다.

그렇지만 아무도 대무영을 말리지 못했다. 그가 금마절도하고 싸우려 한다면 그 누구도 말릴 수 없다는 사실을 잘 알기 때문이다.

금마절도는 대무영이 온몸에 피칠을 하고 두 군데 화살이 꽂혔어도 상관하지 않았다. 그는 오로지 자신의 할 일만 충실하면 된다는 듯한 태도였다.

츄츄웃!

대무영은 허벅지와 가슴에 꽂힌 철전을 차례로 아무렇지 않은 얼굴로 뽑아냈다.

피가 푹 하고 뿜어졌으나 곧 멈추었다. 청삼족오의 영력으로 지혈을 시킨 것이다.

금마절도는 대무영이 하는 행동을 묵묵히 지켜볼 뿐 어떤 행동도 취하지 않았다.

그때 도해가 급히 달려와서 대무영 앞에 서더니 비단 손수

건을 꺼내 그의 얼굴의 피를 닦아주었다. 피 때문에 시야가 가려질까 봐 염려한 것이다.

도해는 키가 자라지 않아서 까치발을 딛고 열심히 닦았다. 이어서 피 묻은 손수건을 쥐고 그를 말끄러미 바라보더니 뜨거운 시선을 보냈다.

[소녀는 당신이 이길 것이라고 믿어요.]

대무영은 말없이 엷은 미소를 지으면서 손을 뻗어 도해의 머리를 어루만져 주었다.

第八十三章

의형제

금마절도는 피를 닦아서 말끔해진 대무영의 얼굴을 보면서 뜻밖이라는 표정을 살짝 지었다. 그가 생각했던 것보다 너무 젊었기 때문이다. 하지만 그것뿐 곧 원래의 무표정한 얼굴로 돌아갔다.
  대무영은 이 싸움에서 자신이 이길 것이라고 확신하지 못했다. 상대가 너무 거물이기 때문이다. 아니, 이기는 것보다는 패할 확률이 더 크다.
  하지만 물러날 수 없는 싸움이다. 그리고 이왕 싸울 것이라면 반드시 이겨야만 하고, 소득 없는 무의미한 싸움은 하고 싶지 않았다. 그래서 이 싸움에 사력을 다하기로 굳게 마음먹었다.

"나하고 내기를 하겠소?"

"말해라."

대무영의 말에 금마절도는 여전히 표정 없이 툭 내뱉었다.

"만약 내가 이긴다면 당신은 혈천황하고 인연을 끊도록 하시오."

대무영이 금마절도를 이기다니, 열흘 삶은 호박에 이빨도 들어가지 않을 어이없는 말인데도 금마절도는 전혀 비웃지 않았다.

아마도 그런 것이 거물만이 지니고 있는 남다른 기도인 것 같았다.

"너에게 패하면 나는 너의 종이 되겠다."

혈천황에게 패해서 그의 종이 됐으니까 누군가 다시 자신을 굴복시키면 그의 종이 되겠다는 뜻이다.

"그러나 내가 이긴다면 어쩌겠느냐?"

금마절도는 그렇게 묻는 것을 잊지 않았다.

"당신은 자유를 찾도록 하시오."

"무슨 뜻이냐?"

"나는 혈천황하고 불공대천지수이며 그와 호적수요. 그러므로 당신이 내게 이겼다는 것은 혈천황에게 이겼다는 뜻이기도 하오. 그러니 당신은 더 이상 그의 종으로 살 필요가 없는 것이오."

억지다. 하지만 대무영은 금마절도가 마음에 들었다. 그래서 그처럼 대단한 인물이 적사파울 같은 간악한 인물 밑에서 혹사당하고 있는 것이 마음에 들지 않았기에 억지를 부려서라도 그에게 자유를 안겨주고 싶었다.

금마절도는 대무영의 뜻을 간파했다. 사실 금마절도에겐 이곳에서 벗어날 명분이 필요했다. 그 명분이 억지든 뭐든 간에 갖다가 붙일 수 있는 명분만 있으면 언제라도 이 지옥 같은 곳에서 벗어나고 싶었다.

"알았다."

금마절도가 고개를 끄떡이자 대무영은 천지검을 들어 금마절도를 가리켰다가 돌연 땅을 박차고 질풍처럼 그에게 곧장 부딪쳐 갔다.

타앗!

그는 처음부터 삼족오검법을 전개할 생각이다. 근접전이므로 벼락치기가 제격이다.

불꽃쏘기나 짓뭉개기에 비해서 벼락치기의 위력이 떨어지지는 않는다.

불꽃쏘기와 짓뭉개기는 청, 적삼족오의 신력을 발출하는 것이지만, 벼락치기는 천지검에 청, 적삼족오의 신력을 담아서 전개하는 것이다.

후우웅—

대무영은 짓쳐가는 기세를 빌어서 금마절도의 머리와 목, 심장, 복부 네 군데를 한꺼번에 노리고 천지검을 무시무시하게 그어갔다.

금마절도는 그 자리에 꼿꼿하게 서서 피하지 않았다. 대신 수중의 금마도를 휘둘렀다.

쩌쩌쩡—

대무영의 벼락치기는 그 쾌속함이 타의 추종을 불허할 정도인데 금마절도는 하나도 놓치지 않고 네 개의 변화가 담긴 공격을 모두 막아냈다.

쩌쩌쩡! 쩌껑!

대무영은 세 걸음의 거리를 유지한 채 쉬지 않고 벼락치기를 전개하여 금마절도의 전신을 유린했으며, 금마절도는 팔이 보이지 않을 정도로 움직여서 방어를 했다.

대무영은 지금껏 천지검으로 자르지 못한 물체가 없었는데 금마도만큼은 자르지 못했다. 이미 수십 차례나 부딪쳤는데도 금마도는 끄떡없다.

오히려 금마도의 기세가 대단해서 천지검이 부러지지 않을까 염려가 될 정도다.

더구나 금마절도는 자신의 금마도가 일반적인 도보다 서

너 배 이상 크고 무거우며 천지검에 비해서는 열 배 이상 무거울 텐데도 마치 젓가락처럼 가볍게 다루었으며 대무영의 공격을 단 하나도 놓치지 않고 모조리 막아냈다.

그렇다는 것은 그의 내공이 심후하고 무위가 절정, 아니, 초절정에 이르렀다는 뜻이다.

대무영은 현재 자신의 무공이 어느 정도 수준에 이르렀는지 정확하게 알지 못한다.

삼족오검법이나 무당파의 십단금, 대라검법을 익히기 전에는 자신이 쟁천십이류의 왕광 정도 수준일 것이라고 막연하게 짐작했었다.

그렇지만 그 이후 이 년 가까운 시일 동안 피나는 연마를 거듭했으며, 특히 삼족오검법을 터득하여 자신이 예전에 비해서 두 배 이상 고강해졌다고 자평했다. 그러나 그 두 배가 어느 정도인지 가늠하기가 어려웠다.

도해와 북설 등은 손에 땀을 쥐고 눈도 깜빡이지 않은 채 싸움을 지켜보았다.

그들이 볼 때 대무영은 전력을 다하고 있었다. 그가 휘두르는 천지검은 너무도 빠르고 위맹해서 어느 누구라도 막거나 피할 수 없을 것 같았다.

그런데도 금마절도는 하나도 놓치지 않고 모조리 막아내고 있었다.

그런 걸 보면 대무영이 아무래도 열세인 것만 같았다. 그래서 어느 순간부터 금마절도가 반격을 시작하면 대무영으로서는 궁지에 몰릴 것 같았다.

하지만 대무영은 전력을 다해서 벼락치기를 쏟아내면서 매우 영특하게 싸우고 있는 중이다.

그는 자신의 벼락치기를 금마절도가 다 막아내고 있는 것에 적잖이 놀랐으나 벼락치기를 멈추지 않았다.

이미 사십 초에 달하는 공격을 퍼붓고 있는 동안 금마절도가 반격을 하지 못하고 있다는 사실에 주목한 것이다.

그것은 그가 대무영의 공격을 막느라 반격할 기회를 잡지 못했다는 뜻이다.

반격이라는 것은 상대가 아주 작은 실수라도 하거나, 아니면 내가 효율적인 방어를 해서 상대를 조금이라도 물리쳤을 때 비로소 기회가 생긴다.

그런데 대무영은 추호의 실수도 하지 않고 있으며, 금마절도는 반격을 가할 기회를 얻을 만큼 대무영을 물리치지 못하고 있는 것이다.

대무영의 벼락치기는 갈수록 더 빨라졌으며 점점 더 위력이 가중되었다.

단지 눈 한 번 깜빡이는 찰나지간에 무려 십여 차례의 공격이 빛처럼 쏟아졌다.

콰차차차창!

그는 금마절도의 몸 주위를 천천히 돌면서 추호의 빈틈도 주지 않으며 공격을 퍼부었다.

그는 힘이라면 어느 누구에게도 뒤처지지 않을 자신이 있으며 더구나 그는 금마도보다 열 배나 가벼운 천지검을 사용하고 있다.

반면에 금마절도는 천지검보다 열 배 무거운 금마도를 사용하고 있으므로 이런 식으로 계속 공격을 퍼부으면 어느 시점에 이르러 힘이 떨어져서 속도가 둔하될 것이다.

금마절도가 반격할 수 있는 상황을 만들어주지 않고 이대로 계속 공격을 퍼붓는다면 반드시 그에게 치명타를 안겨줄 수 있는 기회가 찾아올 것이라고 믿었다.

그러나 금마절도는 좀처럼 지치지 않았다. 일각이 지났는데도 처음이나 다름없이 조금도 흐트러지지 않았다.

그런데도 대무영은 여전히 벼락치기를 멈추지 않았다. 금마절도가 반격을 못하고 있는 것이 방어에 전력을 쏟고 있다는 뜻이기 때문이다.

사실 대무영의 예상이 맞는 것도 있고 틀린 것도 있다. 금마절도가 방어를 하기에 급급해서 반격할 기회를 잡지 못하는 것은 맞다.

대무영의 공격이 워낙 빠른데다 끊임없이 계속 이어지고

있기 때문이다.

하지만 대무영이 틀린 점은 금마절도가 지칠 것이라는 예상이다. 대무영은 금마절도의 심후한 내공을 과소평가하는 우를 범했다.

다시 일각이 흘렀을 때에도 상황은 조금도 변하지 않았다. 도합 이각이라는 시간동안 이백 초 삼천 변(變)의 공격을 퍼부었지만 금마절도는 처음이나 마찬가지로 끄떡없이 막아내고 있었다.

대무영은 추호의 빈틈도 찾아내지 못하고 마치 철벽에 대고 공격을 퍼붓는 느낌이 들었다.

그리고 금마절도는 언제 그칠지 모르는 소나기를 맨몸으로 고스란히 맞고 있는 기분에 사로잡혔다.

도해와 북설 등은 시간이 지날수록 점점 더 경악하는 표정을 지었다.

그들이 보기에 대무영과 금마절도의 싸움은 인간이 아닌 신들의 싸움 같았다.

또한 그들의 눈에는 두 사람이 서로 치열하게 공격을 주고받는 것처럼 보였다.

대무영과 금마절도는 반경 일 장 이내를 벗어나지 않은 상태에서 이각 동안 똑같은 광경으로 치열하게 싸우고 있었다.

그리고 거의 비슷한 시기에 두 사람은 이런 식으로 계속 싸우는 것보다는 뭔가 특단의 조치를 취해야겠다고 마음먹고 있었다.

'안 되겠다. 이러다가는 내가 먼저 지치겠다. 벼락치기를 하면서 왼손으로 불꽃쏘기를 발출해야겠다.'

결국 대무영은 작전을 바꾸었다. 오른손의 천지검으로는 지금까지처럼 벼락치기를 전개하면서 왼손으로 적삼족오를 뿜어내는 불꽃쏘기를 병행해야겠다고 계획을 바꾸었다.

그러나 그것은 한 가지 위험을 감수해야만 한다. 벼락치기는 천지검에 청, 적삼족오가 다 깃들어 있는데, 적삼속오를 왼손으로 끌어내서 불꽃쏘기를 발출하면 그 순간 천지검에는 청삼족오만 남는다. 찰나지간이기는 하지만 벼락치기의 위력이 반감되는 것이다.

금마절도는 방어를 하는 도중에 왼손에 내공을 모았다. 어느 한 순간 방어를 하면서 왼손으로 일격필살의 일장을 발출하려는 것이다.

키우웅!

천지검이 세 번 찌르고 다섯 번 베기를 하나의 변화에 와르르 쏟아내며 금마절도의 상체를 공격했다.

외견상으로는 지금까지와 조금도 다를 바 없는 공격이지만 한순간 금마절도의 눈이 흐릿하게 빛을 발했다. 대무영의 이번 공격의 위력이 다소 약해진 것을 간파한 것이다.

찰나 금마절도는 금마도를 휘둘러서 공격을 막는 것과 동시에 왼손에 모았던 내공을 대무영의 가슴을 향해 일장을 발출했다.

위이잉!

금마절도로서는 이번 기습이 다분히 모험이다. 만약 그의 판단이 틀렸다면, 그래서 대무영의 공격이 다소 약해진 것이 아니라 단지 속임수였다면, 내공을 금마도와 왼손에 절반씩 반분(半分)했기 때문에 금마도로 천지검의 공격을 막아내지 못하게 될 것이다. 그래서 그것은 치명적인 실수로 이어질 것이 분명하다.

그런데 금마절도의 왼손에서 태산을 무너뜨릴 듯한 거센 일장이 발출되는 순간 대무영의 왼손에서도 시뻘건 불꽃이 번쩍 뿜어졌다.

쩌겅!

천지검과 금마도가 거세게 부딪쳤다. 다행히 금마절도가 판단했던 대로 천지검에는 지금까지의 제 위력이 실려 있지 않았다.

그리고 그와 동시에 대무영의 불꽃쏘기와 금마절도의 회심의 일장이 정통으로 격돌했다.

퍼펑!

불꽃쏘기의 적삼족오는 장풍에 막혀서 산산이 흩어졌으

며, 장풍 역시 더 이상 나아가지 못하고 스러졌다.

그러나 대무영과 금마절도는 격돌의 여파, 즉 반탄력을 고스란히 왼손에 느끼면서 뒤로 주르르 밀려갔다. 둘 다 십여 걸음쯤 밀려났기 때문에 누가 우세하다고 할 수 없다.

대무영은 자신과 똑같은 시기에 금마절도가 급습을 감행한 것에 적잖이 놀랐으나 그의 내공이 자신과 비슷하다는 사실에 위안을 느꼈다.

반면에 금마절도는 아직 어린 대무영의 내공이 자신과 동등한 수준이라는 사실에 적잖이 놀랐다.

두 사람은 왼팔이 부러질 것처럼 저린 것을 느꼈으나 거의 동시에 땅을 박차고 서로를 향해 충돌할 것처럼 무서운 속도로 짓쳐갔다.

똑같이 뒤로 물러났기 때문에 이 기회에 기선을 제압해야 한다고 판단했다.

'또다시 근접전이 되면 쓸데없이 시간만 허비할 것이다.'

대무영은 쏘아가는 중에 승부를 낼 수 있는 다른 방법을 재빨리 궁리해 보았다.

쉬잉!

그런데 두 사람의 거리가 삼 장으로 좁혀졌을 때 갑자기 금마절도가 짓쳐오면서 두 손으로 잡은 금마도를 맹렬히 긋자 금마도에서 반월 모양의 금빛이 뿜어졌다.

아니, 뿜어졌다고 여긴 순간 이미 대무영의 일 장 앞에서 쇄도하고 있었다.

"도강(刀罡)입니다! 막으면 안 됩니다!"

진복이 발악하듯 부르짖는 소리가 들렸다. 검법이나 도법으로 도달할 수 있는 최고봉이 강기(罡氣)다. 지금 눈앞에서 그것이 전개된 것이다.

진복이 막으면 안 된다고 부르짖었으나 대무영으로서는 이미 피하기에 늦었다. 그는 순간적으로 불꽃쏘기로는 도강을 막을 수 없을 것이며, 짓뭉개기를 전개할 수밖에 없다는 판단을 내렸다.

금마절도를 상대로 짓뭉개기를 전개한다는 생각은 하지 않았었다. 하지만 지금 상황에서는 그것밖에 방법이 없을 것 같았다.

아니, 너무 촉박해서 짓뭉개기를 제때에 전개할 수 있을지도 의문이다.

짓뭉개기는 조금 전에 철문을 부술 때 처음 전개해 보고 지금이 두 번째다.

쿠오오옴!

땅이 가라앉고 하늘이 쪼개지는 괴이한 음향이 터졌다.

너무 창졸간이라서 천지검으로 발출했는지 온몸으로 뿜어냈는지 알 수가 없다.

그저 청, 적삼족오를 전신의 외공기와 함께 전면을 향해 전력으로 쏟아냈다.

청, 적삼족오가 형체를 갖추지도 못한 채 화산이 폭발하듯 허공을 쪼갰다.

금마절도의 도강은 눈부시고 찬란한 광경이지만, 짓뭉개기에 비하면 독수리와 참새의 차이가 있다.

꽈드드등!

천번지복의 어마어마한 폭음이 터지면서 허공과 지축이 춤을 추듯 떨어 울렸다.

"허억……."

그런데 그 순간 대무영은 숨이 턱 막히면서 앞으로 고꾸라질 듯이 비틀거렸다.

한꺼번에 전신의 외공기와 청, 적삼족오를 모조리 쏟아내는 바람에 일시적으로 기력이 고갈되었다.

뿐만 아니라 짓뭉개기와 도강이 충돌하는 순간 반탄력의 압박을 거세게 받은 것이다.

'큰일이다…….'

만약 지금 이 순간에 금마절도가 공격해 온다면 그는 반격조차 하지 못하고 죽음을 당하고 말 것이다. 그런 생각을 하자 정신이 아찔해졌다.

그렇지만 지금으로서는 어쩔 도리가 없다. 단지 어금니를 악물고 부들부들 떨리는 두 발로 힘껏 지면을 딛고 서는 것밖에는 할 수 있는 일이 없다.

맥없이 당할 수는 없으므로 최후의 사력을 다해서 반격하리라 마음먹었다.

그리고 눈을 잔뜩 부릅뜨고 전면을 쏘아보다가 문득 의아한 생각이 들었다. 공격해 올 것이라고 예상했던 금마절도의 모습이 보이지 않았다.

몇 차례 눈을 껌뻑거리면서 어떻게 된 것인지 생각하려는데 저 멀리에 금마절도의 모습이 눈에 띄었다.

그런데 전혀 뜻밖에도 그는 대무영이 구멍을 뚫어놓은 철문 옆 벽 아래에 엎어진 자세로 쓰러져 있는 것이 아닌가.

대무영은 순간적으로 어떻게 된 일인지 갈피를 잡을 수가 없었다.

공격을 해올 것이라고 예상했던 금마절도가 쓰러져 있다니 순간적으로 이해가 되지 않았다.

그는 천지검을 오른손에 움켜쥐고 경계를 하면서 천천히 금마절도를 향해 걸어갔다. 그러면서 어쩌면 짓뭉개기의 위력이 상상외로 막강해서 금마절도가 당했을 수도 있다는 생각이 들었다.

또한 걸어가는 도중에 완전히 바닥까지 고갈됐었던 기력이 차츰 회복되기 시작했다.

금마절도는 오른손에 금마도를 움켜쥔 채 엎어져서 꼼짝도 하지 않았다.

대무영이 가까이 다가가면 금마절도가 벌떡 일어나서 급습을 할 수도 있는 상황이다.

하지만 대무영은 금마절도가 암습이나 꼼수를 부리는 치졸한 인물이라고 여기지 않았다.

이윽고 그는 금마절도 한 걸음 앞까지 다가가 멈추었다. 그리고 금마절도의 호흡이 매우 불안정하며 혼절했다는 사실을 감지했다.

조심스러운 예상이 맞았다. 짓뭉개기는 상상했던 것 이상의 위력을 지니고 있었던 것이다.

금마절도의 뒤쪽 벽을 쳐다보던 대무영은 바위를 통째로 세워놓은 듯 단단한 벽에 움푹 깊은 구덩이가 파여져 있는 것을 발견했다.

짓뭉개기와 도강이 격돌하는 순간 금마절도가 반탄력에 퉁겨져서 벽에 부딪쳤던 것이 분명했다. 짓뭉개기의 위력을 전면에서 고스란히 받았고, 날려가서 등으로는 석벽에 무지막지하게 부딪쳤으니 그 충격이야말로 설명할 수 없을 정도였을 것이다.

대무영은 기쁨으로 가슴이 두근거렸다. 삼족오검법의 짓뭉개기가 쟁천십이류 절대인 금마절도가 전력으로 전개한 도강보다 강하다는 사실이 입증됐기 때문이다.

그것은 이후 짓뭉개기로 적사파울을 상대할 수도 있다는 얘기가 된다.

그러나 그는 기쁨을 갈무리하고 몸을 굽혀 금마절도의 상태를 살펴보았다.

"음……."

그때 금마절도가 신음을 흘리면서 천천히 상체를 일으켜 지면에 앉았다.

그의 안색은 창백했으며 입과 코에서 피를 흘리고 있는 낭패한 모습이었다. 가볍지 않은 내상을 입은 듯했다.

대무영은 금마절도 앞에 우뚝 서서 그를 굽어보았다.

"더 싸우겠소?"

금마절도는 복잡한 표정으로 대무영을 물끄러미 올려다보다가 고개를 절레절레 흔들었다.

"너 같은 애송이에게 패하다니 나도 늙었군."

대무영은 엷은 미소를 지었다.

"당신이 늙은 게 아니라 내가 강한 것이오."

금마절도는 슬쩍 미간을 좁혔다가 이내 고개를 끄떡였다.

"틀린 말은 아니지."

그는 손등으로 입과 코에서 흐른 피를 닦으며 느린 동작으로 일어나 대무영과 마주섰다.

"자, 약속한 대로 이제부터 나는 너의 종이 되겠다."

대무영은 적잖이 당황했다. 금마절도를 종으로 거둘 생각이 손톱만큼도 없는 그는 손을 저었다.

"그러지 마시오. 당신은 다만 자유를 찾아서 이곳을 떠나면 그것으로 족하오."

그러자 금마절도는 예상외로 선선히 고개를 끄떡였다.

"알겠다."

그는 수중의 금마도를 힘껏 쥐고 들어 올렸다.

"그렇다면 다시 승부를 내자. 내가 너를 이겨야지만 자유를 얻을 수 있을 테니까 말이다."

대무영은 어이없는 표정을 지었다가 손을 저었다.

"당신과 다시 싸우고 싶지 않소."

"이기려면 나를 죽여야만 할 것이다."

그렇지만 금마절도는 대무영의 말을 듣지 못한 듯 말이 끝나기 무섭게 공격을 펼쳤다.

그와악!

"으헛!"

대무영은 그가 공격할 줄은 예상하지 못했다가 깜짝 놀라 급히 뒤로 물러났다.

하지만 가슴 앞섶이 길게 베어졌다. 피하는 것이 조금만 늦었더라면 가슴이 갈라지고 말았을 것이다.

"멈추시오!"

대무영은 계속 뒤로 물러서며 외쳤으나 금마절도의 공격은 점점 더 강맹해졌다.

짓뭉개기에 내상을 입었을 텐데 이런 위력이라니, 그는 지금 공격에 전력을 다하는 것이 분명했다.

그가아악!

쩌쩌쩡! 쩌꺼껑!

대무영은 급히 천지검으로 방어했다. 그러나 금마절도의 공격이 너무 거세서 천지검이 금방이라도 부러질 것 같았고 검을 쥔 손아귀가 찢어질 것만 같았다. 천지검으로 공격을 할 때와 방어를 할 때의 강도가 전혀 달랐다.

대무영은 금마절도가 어째서 공격을 하고 있는지 알고 있다. 아까 싸우기 전에 그가 자신이 패하면 대무영의 종이 되겠다고 말했었는데 그것이 거절되니까 그로서도 달리 방법이 없는 것이다.

금마절도로서도 참담한 심정일 것이다. 혈천황 적사파울에게 패해서 그의 종이 됐었는데, 대무영과의 싸움으로 종에서 벗어날 수 있는 기회를 놓치게 되고, 또다시 그에게 패해 종이 될 신세에 놓였으니 그의 명성이나 자존심으로 용납하기 어려운 일이 분명했다.

그렇다고 대무영으로서는 금마절도와 다시 싸울 이유가

없어졌다.

더구나 그는 짓뭉개기를 전개함으로써 순식간에 기력이 고갈되었다가 이제 절반 정도의 기력이 회복되고 있는 중이어서 금마절도의 공격을 막고 피하면서도 언제 피를 뿌리고 쓰러질지 위태위태한 상황이다.

"아, 알았소! 당신을 종으로 거두겠소!"

결국 그는 금마절도의 무차별적인 공격에 항복하여 다급히 소리쳤다.

금마절도는 옷매무새를 가다듬고 머리를 매만지더니 대무영을 향해 정중히 큰 절을 올렸다.

"백당(栢當)이 주인님을 뵈옵니다."

대무영은 늠름하게 우뚝 선 자세로 그의 절을 받았다.

대무영의 좌우에 늘어선 도해와 북설, 무영단원들은 이 광경을 자신들의 눈으로 보고 있으면서도 믿지 못하겠다는 표정을 지었다.

쟁천십이류에 의해서 당금 강호에서 열 손가락 안에 꼽힐 정도로 초전고수인 금마설도가 대무영을 주인으로 섬기겠다고 절을 하고 있는 것이다.

"백당, 너에게 첫 번째 명령을 내리겠다."

대무영은 땅에 이마를 댄 채 고개를 조아린 금마절도 백당을 굽어보며 나직하지만 웅혼한 어조로 말했다.

"하명하소서."

"내 명령을 목숨을 걸고 지키겠느냐?"

"반드시 그러겠습니다."

도해와 북설 등은 대무영이 과연 백당에게 어떤 첫 번째 명령을 내릴 것인지 호기심 어린 표정으로 지켜보았다.

"지금 이 시간부터 너는 나 대무영의 형이 될 것을 명령한다. 그것이 첫 번째 명령이다."

"……."

백당은 움찔 몸을 떨더니 천천히 고개를 들어 대무영을 우러러보는데, 얼굴에 복잡하고도 미묘한 표정이 잔물결처럼 일렁거렸다.

대무영은 아무 말도 하지 않았다. 첫 번째 명령이니까 지키라느니, 네가 명령을 목숨 걸고 지킨다고 했으니까 실천하라고도 하지 않았다.

그런 말을 하는 것은 수다쟁이다. 백당도 그 정도는 다 생각하고 있을 것이다.

백당은 고개를 들고 뚫어지게 대무영을 쏘아보았고, 대무영은 그의 시선을 피하지 않은 채 꼼짝도 하지 않았다.

도해와 북설 등은 설마 대무영이 그런 명령을 내릴 줄은 상상도 하지 못했다.

그러나 그의 명령을 듣고 나서야 과연 대무영다운 생각이라고 고개를 끄떡였다.

백당은 다시 고개를 숙이고 이마를 바닥에 대며 조용한 목소리로 읊조렸다.

"명령을 받들겠습니다."

대무영의 얼굴에 기쁜 기색이 어렸다.

슥…….

백당은 천천히 일어나서 대무영 앞에 마주보고 우뚝 섰다. 그는 여태까지와는 달리 담담한 미소를 머금은 아주 좋은 얼굴을 하고 있었다.

"아우, 이름이 뭐냐?"

"대무영입니다. 형님."

대무영이 미소를 지으면서 공손하게 고개를 숙이자 백당은 그의 어깨를 세게 쳤다.

탁!

"윽!"

"멋진 놈을 아우로 얻어서 기쁘다."

대무영은 어깨가 부서지는 듯한 고통을 맛보면서 어깨를 쓰다듬으며 애써 미소 지었다.

"저도 그렇습니다, 형님."

도해와 북설 등은 상황이 여러 차례 급변하는 바람에 어리둥절했다가 곧 환하게 웃으며 그러면 그렇지 하는 표정으로 고개를 끄떡였다.

백당이 대무영에게 굳은 얼굴로 물었다.

"자, 이제 네가 뭐하는 놈인지 설명해 봐라."

그것은 형이 아우에게 하는 질문이 아니라 포교가 죄인을 심문하는 듯했다.

"형님, 좀 부드럽게 말씀하세요."

백당은 미간을 좁혔다.

"그렇게 말해본 적 없다."

"그럼 지금까지 엄숙하고 딱딱하게만 살아오셨습니까?"

"그게 나쁘냐?"

백당의 표정이 더욱 엄숙해지는 것을 보고 대무영은 어깨를 으쓱했다.

"소제에 대한 설명은 나중으로 미루고 지금은 급한 일부터 처리하지요."

"그게 뭐냐?"

대무영은 구멍이 뻥 뚫린 철문을 가리켰다.

"저 안에 있는 돈을 터는 것입니다."

"너… 도둑이냐?"

백당은 지금까지보다 더욱 엄숙한 얼굴로 물었다.

   * * *

 보천내가에 있던 돈은 남북금창 중에서 한 군데의 액수와 맞먹었다.
 말하자면 대무영 일행은 남금창이나 북금창 하나를 더 턴 것과 비슷한 성과를 올렸다.
 더구나 그들은 간도 크게 명야루의 포구에 정박해 있는 유람선 중에서 가장 큰 배를 골라 그곳에 돈과 보물을 가득 싣고 운하를 따라 전당강으로 나온 후에 하류를 타고 유유히 동해로 빠져나갔다.
 그들이 보천내가에서 돈을 터는 광경을 본 사람은 아무도 없었다.
 대무영과 무영단원들이 명야루와 보천내가의 호위고수들하고 싸우는 과정에서 기녀와 숙수가 모두 잠에서 깨어 도망을 쳤기 때문이다.
 대무영은 적아에게서 알아냈던 내용이 모두 거짓이라는 사실을 알게 되었다.
 적아가 어떤 여자인가. 그녀가 대무영에게 곧이곧대로 실토했을 리가 없다.
 돈과 보물을 모두 유람선에 옮겨 실은 후에 다시 한 번 적아를 심문했으나 신통한 말을 듣지 못했다.

오히려 정신이 오락가락하는 적아는 고함을 지르거나 악을 쓰듯이 노래를 부르기도 하고, 대무영을 보고는 눈물을 흘리면서 사랑하니까 한 번만 더 정사를 해달라고 애원을 하기도 했다.
 그래서 대무영은 미련 없이 그녀를 죽였다.

第八十四章

형만 한 아우 없다

대무영 일행이 항주를 떠난 지 열하루 만에 적사파울이 명야루에 들이닥쳤다.
 북경에서 바쁜 나날을 보내고 있던 그는 하루에 한 차례씩 명야루에서 오게 되어 있는 전서구가 오지 않는 것을 이상하게 여겨서 북경을 출발하여 거의 쉬지 않고 달려서 열흘 만에 명야루에 도착한 것이다.
 정오 무렵에 명야루에 도착한 그가 제일 먼저 발견한 것은 제일 높은 구층누각 지붕 꼭대기에 매달려 있는 한 구의 시체였다.

누각 지붕 한복판 뾰족한 첨탑에는 헐렁한 옷을 입은 한 여자가 밧줄에 목이 묶인 채 대롱거리면서 바람이 불 때마다 이리저리 흔들리고 있었다.

　산발한 긴 머리카락이 얼굴을 뒤덮고 여러 날이 지나서 시체가 부패하기 시작하여 형편없는 몰골이었으나 적사파울은 그것이 자신이 가장 믿고 사랑하는 딸 적아라는 것을 한눈에 알아보았다.

　"아야… 으흐흐……."

　짐승 같은 신음 소리를 내면서 땅을 박차고 단숨에 구층누각 지붕에 내려선 그는 부들부들 떨리는 두 손으로 딸의 목에 감긴 밧줄을 풀었다.

　딸의 몸에서는 시체 썩는 악취가 심하게 풍겼으나 적사파울은 개의치 않았다.

　적아의 한쪽 눈은 퀭하게 뽑혀 있었고, 하나뿐인 눈은 뜨고 있으나 동공은 이미 흰색으로 변해서 마치 썩은 생선의 눈처럼 희뿌연 모습이었다.

　"으으으… 아야……."

　적사파울은 두 손으로 시체의 양쪽 어깨를 잡고 있는데 분노로 부들부들 떠는 바람에 적아의 목이 뚝 끊어지더니 지붕에 떨어져서 떼구르르 굴러 내렸다.

　그러나 적아의 머리는 곧 뚝 멈추더니 마치 끈으로 연결된 것처럼 날아와서 원래대로 목 위에 살짝 얹혀졌다. 적사파울이 무형지기를 사용한 것이다.

대무영은 떠나기 전에 적아의 목을 움켜잡고 목뼈를 부러뜨려서 즉사시켜 버렸다. 그래서 부러진 목뼈가 썩어서 떨어진 것이다.

갈가리 찢어 죽여서 개 먹이로 주고 싶었으나 그녀의 시체를 적사파울에게 보여서 복수하고 싶은 마음이 더 컸다. 그리고 그것은 성공했다.

슛…….

그때 홍포를 입은 장한 한 명이 아래에서 불쑥 솟구쳐서 적사파울에게서 멀지 않은 곳에 소리 없이 내려서더니 공손히 허리를 굽혔다.

"주군, 보천내가가 털렸고 금마절도는 사라졌습니다."

적아의 시체를 보는 순간 보천내가가 털렸을 것이라고 짐작했으나 막상 사실로 드러나자 적사파울은 온몸의 피가 머리 꼭대기로 몰리는 것처럼 분노했다.

이것은 그야말로 절망적이다. 믿었던 장녀 적아가 죽었으며 마지막 남은 자금이 깡그리 털리고 말았다. 이제 적사파울에게 남은 것은 없다.

홍포인은 적사파울의 최측근인 대천계 두 명의 천계주 중에 우천계주다.

그는 적사파울의 표정을 살피면서 조심스럽게 자신의 의견을 말했다.

"금마절도가 이런 짓을 저지른 것 같습니다."

"아니다."

적사파울은 딸의 시체를 품에 안은 채 이글거리는 눈빛으로 중얼거렸다.

그는 누구보다도 금마절도의 강직한 성품을 잘 알고 있다. 그래서 금마절도의 짓이 아니라고 확신했다.

"이런 짓을 할 놈은 천하에 단 한 놈뿐이다."

"그게 누굽니까?"

적사파울의 직속대인 대천계의 최고위급 인물 우천계주와 좌천계주 역시 적사파울처럼 거란인이다.

적사파울은 어금니를 악물고 짓씹듯이 한 사람의 이름을 내뱉었다.

"대무영, 그놈이다."

"그놈은 죽었잖습니까?"

우천계주는 공손하지만 말도 안 된다는 듯 말했다.

"그래, 죽었지."

적사파울은 방금 '대무영'이라고 말했을 때보다는 훨씬 자신 없게 말했다.

그는 대무영이 죽는 광경을 직접 보지는 못했으나 그 당시의 모든 정황으로 미루어 봤을 때 죽은 것이 분명했다. 하지만 한 가지 마음에 걸리는 것이 있다. 대무영이 죽는 것을 직접 보지 못했다는 사실이다. 그는 자신의 눈으로 본 것만 믿는 성격이다.

그리고 남북금창이 털리고, 작은딸 적명이 죽어서 돌에 묶여 장강 강바닥에 가라앉아 있다가 퉁퉁 불은 모습으로 어부의 그물에 걸려서 올라왔다.

그러더니 이제는 보천내가가 털리고 큰딸 적아가 처참한 시체가 되어 구층누각 지붕 꼭대기에 목이 매달렸다.

아무리 생각해 봐도 세상천지에 이런 짓을 할 놈은 대무영밖에 없다.

석사파울이 낙양 낙수천화 최고의 기루 해란화를 탈취하고 대무영의 가족이나 다름없는 사람들을 무참히 죽였으며 천절가인 해란화 등 기녀들을 납치했기 때문에, 그 사실을 알아낸 대무영이 그것에 대해서 복수를 하고 있는 것이 틀림없다.

그러나 그것은 어디까지나 심증일 뿐 증거가 전무하다. 더구나 대무영은 남북금창을 급습하여 그곳을 지키고 있던 수백 명의 고수를 모조리 죽일 민한 실력이 못 된다. 그건 적사파울이 누구보다 잘 알고 있는 사실이 아닌가. 대무영은 잘해 봐야 쟁천십이류의 왕광 정도 수준이었다.

그뿐이 아니다. 이곳 보천내가를 지키고 있던 수하들은 대천계 천계의 고수이다.

그리고 더욱 말이 안 되는 것은, 대무영이 쟁천십이류 절대인 금마절도까지 죽이거나 굴복시켜야지만 보천내가의 돈과 보물을 훔쳐갈 수 있다는 사실이다.

세상천지에 이런 짓을 할 놈은 대무영뿐인데, 그에게는 그럴 만한 능력이 없다. 그것이 적사파울을 깊은 모순 속으로 빠뜨리고 있는 것이다.

더구나 요즘은 또 다른 일 때문에 은근히 골머리를 썩고 있는 중이다.

중원 곳곳에 흩어져서 살고 있는 고구려인들이 조금씩 어디론가 사라지고 있다는 것이다.

적사파울에게는 목숨을 바쳐서라도 이루어야 할 두 가지 큰 목표가 있다.

첫째는 거란족의 새로운 나라를 건국하는 일이다. 지금으로부터 이백팔십여 년 전 신강성 너머 북부지역에 야율대석(耶律大石)이 거란족을 모아 요나라의 뒤를 잇겠다면서 서요(西遼:투르키스탄)를 건국했으나, 겨우 백 년도 못가서 팔십육 년 만에 몽고의 성길사간(成吉思汗:칭기스칸)에게 멸망당하고 말았다.

그래서 적사파울은 절대로 멸망하지 않는 나라, 천년만년

강대국으로 천하를 지배할 나라를 건국하는 것을 첫 번째 목
표로 삼았다.
 그리고 두 번째 목표는 하늘 아래에 숨을 쉬고 있는 모든
고구려인을 말살하는 것이다.
 원래는 이것이 첫 번째 목표였으나 세월이 흐르면서 건국
목표와 순서가 뒤바뀌었다.
 아무리 오랜 세월이 흘렀어도 원래의 목적은 퇴색하지 않
았다. 새로운 나라를 건국하는 일로 바쁜 와중에도 적사파울
은 중원의 고구려인들을 색출하여 죽이는 일을 게을리 하지
않았었다.
 그런데 그토록 심혈을 기울였던 새로운 요나라의 건국이
물거품이 될 위기에 처했으며, 중원의 고구려인들이 백사장
에서 모래가 파도에 쓸려 내려가듯이 어디론가 사라지고 있
는 것이다.
 "우천."
 적사파울은 딸의 시체가 으스러질까 봐 조심스럽게 안고
태양이 내리쬐는 하늘을 올려다보았다.
 "하명하십시오."
 "이곳의 흔적을 찾아서 놈들을 추적해라."
 적사파울은 힘껏 어금니를 악물었다.
 "놈을 찾아내지 못하면 돌아오지 마라. 단, 어떤 수단과 방

법을 사용해도 좋다. 뒤는 내가 책임지겠다."

"존명."

      *   *   *

푸드득…….

전서구 한 마리가 망망대해 새파란 수면을 향해 빠른 속도로 내려꽂혔다.

전서구는 바다를 가르며 북상하고 있는 한 척의 배 위에서 크게 원을 그리면서 선회했다.

삐이익―

그때 배에서 누군가 긴 휘파람을 불자 전서구는 선회를 그치고 곧장 그 사람을 향해 쏘아 내렸다.

파다닥…….

전서구는 이반이 내민 왼팔에 날갯짓을 하면서 내려앉아 낮게 울었다.

이반은 전서구 발목에 묶여 있는 작고 가느다란 대롱, 즉 전통(傳筒)을 열고 안에서 돌돌 말린 조그만 서찰을 꺼내서 펼쳐 읽었다.

그는 대동이단이 사용하는 전서구를 다루는 방법을 배웠기에 천하 어느 곳을 가더라도 대동이단하고 연락을 주고받을 수가 있다.

갑판에서 서찰을 읽은 이반은 전서구를 왼팔에 얹은 상태로 대무영에게 걸어갔다.

대무영과 도해, 북설, 그리고 금마절도 백당은 갑판에서 삼 장 높이에 지어진 누각 안에서 술을 마시고 있는 중이다.

이 배는 항주 명야루에서 출발한 유람선이다. 서호를 출발한 후 닷새가 지난 현재 강소성 보산(寶山)이라는 곳 앞바다를 항해하고 있는 중이다.

누각의 한가운데에는 자단목으로 만든 둥글고 큰 최고급의 탁자가 놓여 있고, 빙 둘러서 등받이가 붙은 둥근 의자가 나무 벽면에 부착되어 있으며 다들 그곳에 앉아 있다.

그런데 뜻밖의 사람이 있다. 명야루의 최고기녀이며 천하제일의 미녀로 불리는 파로와 서가다. 그녀들은 대무영 옆에 마치 찰거머리처럼 찰싹 붙어서 잔뜩 몸을 옹송그리고 있는 모습이다.

명야루의 별채에서 대무영에게 순결을 바쳤던 파로와 서가는 이후 그곳에서 벌어지는 일들을 하나도 놓치지 않고 다 목격했었다.

대무영 일행이 보천내가에서 돈과 보물을 턴 후에 다시 적아를 심문하러 별채에 왔을 때에도, 그가 적아의 목을 부러뜨려서 죽일 때까지도 도망치지 않고 끝까지 남아서 지켜보고 있었다.

모든 일을 마치고 대무영이 떠나려고 할 때 그녀들은 자신들도 데려가 달라고 눈물로 애원을 했다.

가장 큰 이유는 아마도 대무영이 그녀들의 첫 남자이기 때문일 것이다.

그리고 그녀들이 명야루에 남아 있으면 무슨 일을 당할지 모른다는 두려움이 두 번째 이유다.

대무영이 생각하기에도 그녀들을 명야루에 남겨두는 것은 좋은 일보다는 나쁜 일이 많을 것 같았다.

하지만 그는 망설였다. 자신이 파로와 서가의 순결을 취한 것은 맞지만, 그것은 그녀들을 사랑했기 때문이 아니라 적아를 수중에 넣기 위해서 어쩔 수 없었던 일이다.

즉, 그녀들은 쓰고 나서 버리는 소모품이었으며 그때는 달리 선택의 여지가 없었다.

사랑하지도 않는 여자, 아니, 소녀들을 데리고 갈 수는 없는 일이기에 결정을 내리지 못했었다.

그때 아무 말 없이 그녀들을 데리고 배에 오른 사람이 북설이었다.

일단 명야루를 벗어난 이후에 적당한 장소에 그녀들을 내려주면 될 것이라는 생각에서였다.

물론 그런 생각은 아무에게도 말하지 않았고 누가 묻지도 않았었다.

 다른 사람들은 북설이 대무영을 위해서 천하제일의 미녀들을 챙기는 것이라고 좋은 쪽으로 생각했던 것이다.

 어려서부터 철저한 고구려식 교육을 받은 탓에 그런 일에는 전혀 질투를 할 줄 모르는 도해와 대무영 일이라면 무조건 쌍수를 들고 환영하는 무영단원들이 그것에 대해서 반대할 리가 없다.

 그런데 일이 이상하게 돌아갔다. 북설의 속마음을 짐작할 리 없는 다른 사람들은, 특히 도해외 파로, 서가는 그날 밤부터 한 방 한 침상에서 대무영과 함께 잤다.

 물론 명야루에서의 첫날밤에 이어 파로와 서가는 자연스럽게 대무영과 정사를 하게 되었다.

 천하에 미인 싫어하는 사내는 없다. 더구나 영웅이라면 천하제일미녀인 파로와 서가를 마다할 리가 없다.

 대무영은 착하게도 대신 밥상을 차려준 북설에게 속으로나마 고마워하면서 지난 닷새 동안 하루도 빼놓지 않고 파로와 서가에게 깊이 심취해 있었다.

 이후 식사를 할 때나 지금처럼 술을 마실 때면 파로와 서가는 대무영 양쪽에 찰싹 달라붙어서 떨어지지 않았고 그의 시중을 도맡았다.

 그녀들이 대무영을 사랑하기 때문이기도 하지만, 그녀들

에게 벌어지고 있는 상황들이 너무도 낯설고 무섭기 때문에 대무영 곁에서 떨어지지 못하는 것이다. 오직 대무영만이 믿을 수 있는 사람인 탓이다.

대무영은 처음에는 사람들 눈치를 보면서 어색한 모습을 보였으나 이제는 대놓고 두 미녀를 거느리면서 헤벌쭉한 표정으로 좋아하고 있다.

"대군, 대동이단에서 보낸 배가 장강 하류를 빠져나왔다고 합니다."

이반은 서찰을 도해에게 건네면서 설명을 이었다.

"두 시진쯤 후에 만날 것 같습니다."

"알았다."

보고를 끝낸 이반은 누각의 계단을 내려갔다. 그와 진복, 주고후 셋이서 유람선을 몰고 있기 때문에 자신의 위치로 찾아간 것이다.

쪼르르……

"마셔, 오빠."

한어가 서툰 서가가 대무영의 빈 잔에 술을 따르더니 보기만 해도 몸서리쳐지도록 베어 먹고 싶을 정도로 아름다운 미소를 지으며 그를 말끄러미 바라보았다.

대무영이 술잔을 비우자 기다렸다는 듯이 파로가 맛있는 요리를 집어 그의 입에 넣어주었다.

여기에 있는 사람들은 지난 닷새 동안 이런 광경들을 질리도록 봤기 때문에 이제는 손발이 오글거리지도 않고 이상한 시선으로 쳐다보지도 않았다.

파로가 대무영의 왼쪽에, 서가가 오른쪽에 앉았으며, 북설은 파로 옆에, 도해는 서가 옆에, 그리고 맞은편에 백당이 꼿꼿한 자세로 앉아서 묵묵히 술을 마시고 있다.

백당은 대무영에게 그에 대해서 그리고 향격리랍에 대해서도 모두 들었다.

하지만 궁금한 것이 전혀 없는지 아무것도 질문하지 않았고 자신의 의견도 일체 말하지 않았다.

"지금쯤 적사파울이 명야루의 일을 알았겠지?"

북설이 줄기차게 술을 마시다가 툭 내뱉었다.

"어쩌면 명야루에 직접 왔을지도 몰라요."

도해가 말을 받자 북설은 고개를 끄떡이며 이죽거리듯이 입술을 비틀며 웃었다.

"클클… 둘째 딸년에 이어서 큰 딸년이 죽고 보천내가까지 털려서 알거지가 됐으니까 직접 와서 확인하지 않고는 못 배기겠지. 그렇다면 적사파울 놈이 지금쯤 명야루에 있을 가능성이 크군."

대무영은 서가가 건네주는 술잔을 밀어내며 눈을 빛냈다.

"이 배에 있는 돈과 보물을 대동이단 배에 건네주고 나서 우린 다시 항주로 가자."

"거 좋지."

"찬성이에요."

북설과 도해는 술잔을 들어 올렸다.

대무영은 백당을 쳐다보았다.

"형님께선 어떻게 하시겠습니까?"

백당은 지난 닷새 동안 한 말을 모두 합쳐도 열 마디 남짓에 불과했다. 그 정도로 과묵하다.

"네가 가면 나도 간다."

백당은 자르듯이 간단하게 대답했다. 의형제이므로 아우가 가는 곳에 형이 간다는 것이다.

두 사람은 유람선이 서호를 떠나서 전당강을 빠져나와 바다로 들어선 후에 선상에서 격식을 차려 의형제의 예를 갖추었다.

대무영은 한 번도 의형제를 맺어본 적이 없어서 매우 흥분했으며 기뻤다.

"고맙습니다, 형님."

대무영은 진심 어린 표정으로 고마워했다. 그는 백당을 의형으로 맞이한 것이 보천내가의 돈과 보물을 얻은 것보다 훨씬 더 값진 것이라고 생각했다.

그는 무슨 일이 있어도 죽을 때까지 의형 백당과의 의리와 우애를 저버리지 않겠다고 스스로에게 맹세했다.
 그런데 문득 그는 백당의 눈빛이 흐려지는 것을 발견했는데 착각일 수도 있다.
 그러나 백당이 눈빛으로 항주에 돌아가는 것을 좋지 않게 생각하고 있다는 느낌을 받았다.
 "형님, 항주로 가는 것이 마음에 들지 않으십니까?"
 대무영이 조심스럽게 묻는데도 백당은 대답하지 않고 묵묵히 술만 마셨다.
 도해는 그가 잔을 비우자 얼른 술을 따랐다. 묵설은 원래 무뚝뚝한 성격이라서 백당을 데면데면하게 대하지만 도해는 천성이 자상해서, 그리고 백당이 대무영의 의형이면 자신에게는 아주버님이 되기 때문에 정성껏 모셨다.
 대무영은 조금 전 백당의 눈빛이 영 마음에 걸렸으나 백당은 아무 말도 하지 않는다.
 아마도 자신의 말 때문에 대무영이 결정을 바꾸는 것을 원하지 않는 것 같았다. 즉, 자신이 대무영의 결정에 영향을 끼치지 않으려는 듯했다.
 "형님, 소제가 무언가 잘못하고 있는 것입니까?"
 백당은 술을 입속에 쏟아붓고 나서 묵묵히 대무영을 주시했으나 여전히 말은 없다.
 "아우가 잘못된 길을 가면 형님께서 올바른 길을 가르쳐 주셔야 하는 것 아닙니까?"

대무영이 이번에는 조금 더 강수를 두었다. 백당의 심기를 건드린 것이다.

북설이 팔짱을 끼며 빈정거렸다.

"올바른 길은 개뿔. 저 형님께선 술만 마실 줄 알았지 그런 거 모르신다구."

그녀는 자신의 하늘이며 신인 대무영에게 백당이 한순간에 의형이 된 사실을 못마땅하게 여기고 있었다.

그녀의 빈정거림에도 백당은 표정이 변하지 않았다. 외려 대무영과 도해가 움찔했다.

탁.

대무영은 술잔을 내려놓고 정색을 했다.

"설아, 형님께 무슨 말버릇이냐? 당장 사과해라."

북설은 착잡한 표정을 지었다. 그녀는 하늘이 두 쪽이 나는 한이 있어도 대무영을 거역한 적이 없었다.

그녀는 자세를 꼿꼿하게 펴고 백당에게 포권하며 깊숙이 고개를 숙였다.

"실언했습니다. 용서하십시오."

그러나 백당은 그녀를 쳐다보지도 않고 도해가 따라주는 술을 묵묵히 마셨다.

"사과하잖아요! 안 들려요?"

무시를 당한 북설이 발끈해서 소리치자 백당은 아예 그녀를 젖혀두고 술잔을 내려놓으며 대무영을 불렀다.
 "무영아."
 "네, 형님."
 백당의 표정은 어느 때보다도 진지했다.
 "궁서설묘(窮鼠嚙猫)라는 말을 아느냐?"
 느닷없는 질문에 무식한 대무영은 난색을 표했다. 그런 말은 한 번도 들어본 적이 없었다.
 "그게……"
 "궁지에 몰린 쥐가 도리어 고양이를 문다는 뜻이에요."
 파로가 대무영의 팔을 두 팔로 안고 가슴에 꼭 안으면서 수줍은 듯 풀이했다.
 백당이 말을 이었다.
 "너는 고구려 백성을 모두 향격리랍으로 무사히 데려가는 것이 중요하냐? 아니면 적사파울에게 복수하는 것이 중요한 일이냐?"
 백당의 질문은 대무영으로서는 한 번도 생각해 본 적이 없는 것이었다.
 그에겐 둘 다 중요하지만 둘을 비교할 수는 없다. 적사파울에게 복수하는 것보다는 고구려인을 모두 향격리랍으로 무사히 데려가서 안주시키는 것이 백 배 천 배 더 중요하기 때문이다. 두말하면 입만 아프다.

"소제는 고구려 백성들이 더 중요합니다."

"그렇다면 복수는 잊어라."

"네?"

대무영은 뒤통수를 얻어맞은 듯한 표정을 지었다.

"양수집병(兩手執柄)은 위험하다."

백당이 또 어려운 말을 하자 대무영은 무의식적으로 파로를 쳐다보았다.

"양손의 떡은 위험하다고 말씀하시네요."

파로는 더욱 얼굴을 붉히며 대무영 어깨에 뺨을 비볐다.

대무영은 양손의 떡이라는 말을 이해했다. 한손에는 고구려인들을 향격리랍으로 무사히 데려가서 안주시키는 떡이 들려 있고, 다른 손에는 적사파울에게 복수하고 해란화 등을 구하는 떡이 쥐어져 있다. 백당은 그것이 위험하다고 말하는 것이다.

문득 대무영은 백당이 처음에 말한 '궁서설묘', 즉 궁지에 몰린 쥐가 고양이를 문다는 말을 떠올렸다.

적사파울은 두 딸을 잃었으며, 남북금창에 이어서 보천내가까지 털려서 지니고 있던 돈과 보물을 깡그리 잃어 알거지가 되었다.

말하자면 현재의 그는 궁지에 몰린 쥐 신세인 것이다. 그렇다면 대무영이 고양이고, 적사파울이 대무영을 물 수도 있다는 뜻이다.

"적사파울이 두 개의 목적을 갖고 있다고 했었느냐?"

"그렇습니다. 신강성에 요나라를 건국하는 일과 고구려인과 발해인, 즉 동이족을 말살하는 것입니다."

백당의 눈이 냉철하게 빛났다.

"그러나 적사파울의 요나라 건국은 너로 인해서 물거품이 된 것 같다."

"그렇습니다. 새로운 요나라 건국에는 막대한 자금이 필요할 텐데 이제 알거지가 됐으니까 요나라 건국은 끝장났다고 할 수 있죠."

대무영은 조금 기분이 좋아져서 우쭐거렸다.

백당이 그의 우쭐거림에 대못을 박았다.

"그렇다면 적사파울에게는 이제 하나의 목적만 남아 있는 셈이로군."

"……."

대못은 제대로 대무영의 심장에 쏘셔 박혔다. 그는 비명만 지르지 않았을 뿐이지 얼굴은 그 이상으로 창백해지고 심장에서 콸콸 피가 쏟아졌다.

백당의 말인즉, 적사파울의 두 가지 목적 중에서 요나라 건국은 돈이 없어서 물거품이 됐다. 그러므로 그는 이제부터 또 하나의 목적인 동이족 말살에 전력으로 매달릴 것이라는 뜻이다.

중원에는 동이족이 많다. 신분을 감춘 사람들도 있지만 그렇지 못한 사람들도 있다.

도단야의 대동부가 수백 년 동안 동이족들을 파악해 왔다면, 적사파울의 대천계도 그랬을 것이다.

그러므로 지금 이 시기에 적사파울이 자신이 갖고 있는 모든 세력을 총동원하여 동이족 말살에 나선다면 그야말로 큰일이 아닐 수 없다.

고구려인들을 향격리랍으로 이동시키는 일은 큰 난관에 부닥치고 말 것이다.

아니, 향격리랍은 고사하고 고구려인들을 보호하기 위해서 전전긍긍해야 할 것이고, 그들을 적사파울의 시선이 미치지 않는 곳에 꼭꼭 숨겨야만 할 것이다. 그러나 그것은 불가능하다. 수백만에 달하는 고구려인을 대체 어디에 어떻게 숨긴다는 말인가.

이제 적사파울이 할 일이란 동이족 말살뿐이다. 그를 그렇게 하도록 만든 게, 아니, 강요한 사람이 대무영이다.

그를 궁지로 낭떠러지 끝으로 몰아붙였다. 그로 하여금 요나라 건국을 중지하고 동이족을 말살하라고 부추긴 꼴이 돼버렸다.

이제 와서 돌이켜 보니까 보천내가는 그냥 내버려 두는 편이 옳았다.

그 정도 자금으로는 요나라 건국이 어려울 테니 그것을 밑천 삼아서 몇 년이고 막대한 돈을 조성하라고 적사파울을 내버려 두고, 그 사이에 고구려인들을 부지런히 향격리랍으로 옮겼어야만 했다.

대무영의 안색이 점점 더 창백해졌다. 그는 자신이 일을 망쳤다는 사실을 이제야 깨달았다. 수백만 명의 고구려인을 위험에 빠뜨린 것이다.

향격리랍에 새로운 고구려인들의 나라를 건국하자고 희망에 부풀어 있는 수많은 사람 머리 위에서 기름을 붓고 불덩이를 던져 버렸다.

자신을 비롯한 모든 사람과 함께 스스로 불구덩이에 뛰어든 것이다.

"형님······."

그는 자신이 무슨 말을 하는지도 모르면서 중얼거렸다. 그러다가 백당이 전혀 예상치도 못했을 정도로 박학다식하며 두뇌가 비상하다는 사실을 깨달았다. 그의 외모로는 위엄 있고 용맹할 뿐 지식하고는 거리가 멀게 보였으나 사람은 겉모습만으로는 모르는 것이다.

백당의 지적이 아니었으면 대무영은 다시 항주로 돌아가

서 적사파울을 잡겠다고 희희낙락하고 있었을 것이다.

도해와 북설은 아직 대무영이 생각하고 있는 것까지는 머리가 미치지 못해서 그가 어째서 갑자기 안색이 창백해지고 땀을 흘리며 당황하는 것인지 알지 못했다.

"형님, 어쩌면 좋습니까?"

그는 자신을 일깨워 준 사람이 백당이므로 그가 무슨 해답을 제시하지 않을까 일말의 희망을 품었다.

백당은 씁쓸한 표정을 지었다.

"미대난도(尾大難掉)야."

그가 또 알아들을 수 없는 말을 했지만 파로가 즉시 해석해 주었다.

"꼬리가 커서 흔들기 어렵다. 즉, 일이 너무 커져 버려서 해결할 수가 없다는 뜻이에요."

궁서설묘니 양수집병, 미대난도 같은 말들은 파로가 설명한 것보다 더 깊고 심오한 뜻을 담고 있다.

그러므로 수백 마디 말로 하는 것보다 그런 고사성어를 사용하는 것이 훨씬 가치가 있다.

물론 말을 하는 사람이나 듣는 사람이 고사성어에 통달했다는 가정하에서의 일이다.

"파로, 지금 어떤 상황이냐?"

좌중에 잠시 침묵이 흐르자 북설이 옆에 앉은 파로에게 낮은 목소리로 물었다.
"그게 그러니까……."
파로는 망설이면서 조심스럽게 대무영의 표정을 살폈다. 그러나 대무영은 백당을 주시하며 그녀와 북설에게는 신경조차 쓰지 않았다.
이윽고 파로는 자신이 이해한 지금의 상황을 작은 목소리로 설명했다.
대무영이 백당에게 자신에 대해서 설명할 때 파로와 서가도 옆에 있었으므로 파로는 시금 상황을 누구보다도 잘 이해하고 있었다.
그녀는 마치 대무영의 머릿속에 들어갔다가 나온 것 같았다. 그녀는 대단한 지식을 머릿속에 지니고 있으며 또한 지나칠 정도로 총명했다.
백당은 침묵하고 있는 것이 아니라 궁리를 하고 있는 것 같았다.
"내 말대로 하겠느냐?"
이윽고 그는 충고가 아니라 아예 자신이 이 일에 대해서 결정을 내리려는 듯 말했다.
"따르겠습니다."
대무영은 그의 결정이 유일한 해결책이라고 믿었다. 아니, 믿고 싶었다.

第八十五章
아름다운 슬픔

백당은 적사파울이든 그의 수하든 그 누군가 유람선의 흔적을 추적할 것이라고 짐작했다.
 그것은 대무영도 생각했던 바다. 명야루의 유람선은 워낙 크고 화려해서 눈에 잘 띄기 때문에 추적을 하는 것은 그다지 어려운 일이 아닐 터이다.
 그래서 추적을 따돌리려고 대동이단 더러 갈아탈 배를 갖고 오라고 지시를 했던 것이다.
 백당의 지시로 대무영 일행은 대동이단에서 끌고 온 배로 갈아타고 유람선을 바다 위에 표류하도록 버리고 떠났다.

그로부터 닷새 후에 유람선은 동해 근해의 해적인 동패단(東霸團)에게 발견되었다.

동패단은 유람선 갑판 아래 선창에 가득 실려 있는 돈과 보물을 발견하고 혼비백산했으나 곧 희색만면하여 유람선을 끌고 자신들의 본거지로 돌아갔다.

그로부터 칠 일 후, 일단의 괴한이 동패단의 본거지에 들이닥쳐서 그들을 깡그리 제압한 후에 몰살시켰다.

동패단은 무려 이백여 명이나 됐지만 괴한 십여 명에게 일각도 못돼서 제압당했다.

괴한들은 동패단 이백여 명을 차례대로 잔인하게 고문한 후에 모조리 죽였다.

괴한들의 우두머리인 대천계 우천주는 동패단에서 알아낸 것이 하나도 없었다.

다만 보천내가에서 강탈당했던 돈과 보물을 거의 고스란히 되찾았을 뿐이다.

그렇지만 우천주는 동패단이 명야루에 침입하여 적아와 명야루주, 총관, 그리고 대천계의 고수들을 모조리 죽이고 보천내가의 돈과 보물을 훔친 것이 아니라고 판단했다. 동패단은 그저 쓰레기 같은 해적일 뿐이다.

흔적은 거기에서 끊어졌다. 누군가 보천내가의 돈과 보물을 훔쳐서 달아나다가 한 푼도 건드리지 않고 고스란히 남겨

놓고는 유유히 사라져 버렸다.

그래서 우천주는 더 이상 추적할 수가 없게 되었다. 유람선이 유일한 실마리였는데 그걸 잃었으니 흔적도 자연적으로 끊어졌다. 결국 우천주는 유람선에 돈과 보물을 싣고 명야루로 돌아갔다.

적사파울은 보천내가를 턴 흉수를 잡기 전에는 돌아오지 말라고 했으나, 돈과 보물을 찾았으니 절반은 성공했다고 우천주는 생각했다.

*　　　*　　　*

백당은 대무영에게 두 가지 일을 제안했었다.

하나는 보천내가에서 훔친 돈과 보물을 유람선에 그대로 놔두고 떠나자는 것이었다.

그로 인해서 추적을 따돌릴 수 있으며, 적사파울에게 보천내가의 돈과 보물을 되돌려 주어서 그의 숨통을 어느 정도 틔워주자는 것이다.

벼랑 끝에 몰려 버린 적사파울로서는 새로운 요나라를 건국할 목표가 사라졌으니까 두 번째 목표인 동이족 말살에 전력을 기울이게 될 터이다.

그런데 도둑맞았던 보천내가의 돈을 되찾으면 그것으로

밑천을 삼아서 요나라 건국의 불씨를 지피는 일을 계속할 수 있는 것이다.

다시 말해서 어쩔 수 없이 선택할 수밖에 없는 동이족 말살에서 손을 뺄 것이라는 얘기다.

백당의 또 한 가지 제안은 이제부터 적사파울을 감시하자는 것이다.

물론 어렵고 위험한 일이다. 하지만 적사파울의 일거수일투족을 이쪽에서 훤히 꿰뚫고 있으면 상당한 실리를 얻을 수가 있다.

뿐만 아니라 앞으로 닥쳐올 미지의 위험을 미리 알아내서 대비할 수가 있을 터이다. 자고로 지피지기(知彼知己)면 백전백승(百戰百勝)이라고 했다.

그 일은 대무영으로서는 상상조차 해본 적이 없었다. 문제는 묘두현령(猫頭縣鈴), 과연 고양이 목에 누가 방울을 달 것이냐는 것이다.

*　　　*　　　*

강소성(江蘇省) 남경(南京).

남경성 북쪽을 휘돌아 흐르는 장강의 하관(下關)포구에는 수많은 배가 정박해 있으며, 그보다 더 많은 크고 작은 배들이 포구를 드나들고 있다.

 십 리 밖에서도 토악질이 날 것만 같은 악취를 풍기는 두 명의 거지가 포구를 두리번거리다가 한 척의 커다란 배의 계단으로 올라갔다.

 그 배는 상선처럼 보였으며 정박해 있는 여타 배들하고 별다른 점이 없었으나 두 거지는 그 배가 자신들이 찾고 있는 배라는 것을 콕 집어냈다.

 "개방 강소총분타주요?"

 갑판에 있던 뱃사람으로 변장한 대동이단 고수가 두 거지 중 사십대 중반의 거지에게 물었다.

 "그렇소."

 "당신 혼자 따라오시오."

 대동이단 고수가 안내한 선실 이 층의 어느 방에는 탁자를 마주하고 대무영과 백당이 앉아 있었다.

 강소총분타주는 백당을 보는 순간 그 자리에 얼어붙은 듯이 놀랐다가 곧 깊숙이 허리를 굽혔다.

 "서… 선배님을 뵙습니다……."

 마치 저승사자나 죽은 조상 앞에 서 있는 듯한 태도다.

 "넌 누구냐?"

 백당은 예의 엄숙한 얼굴로 나직이 물었다.

 "가… 강소총분타주 팔장개(八掌丐)입니다……."

아름다운 슬픔 219

"네가 해야 할 일이 있다."

"무엇이든 말씀만 하십시오······."

팔장개는 연신 허리를 굽실거렸다.

대무영은 예상하지 않았던 이 광경을 보면서 적잖이 놀라고 있는 중이다.

그와 일행은 장강 하구에서 대동이단의 배로 갈아탄 후에 한 시진 전에 이곳 남경의 하관포구에 정박했었다.

그리고 잠시 후에 백당이 개방 남경의 강소총분타로 대동이단 고수 한 명을 보내서 총분타주를 오라고 시켰는데 실제로 총분타주 팔장개가 채 반 시진도 지나지 않아서 화살처럼 달려온 것이다.

그뿐인가. 백당을 본 팔장개가 오금을 펴지 못하고 전전긍긍하는 광경을 대무영으로서는 도대체 어떻게 받아들여야 할지 몰랐다.

"마학사라고 아느냐?"

"압니다."

"그자에 대해서 얼마나 알고 있느냐?"

백당의 물음에 팔장개는 막힘없이 즉답했다.

"웬만큼 알고 있습니다."

"웬만큼?"

"그렇습니다."

백당은 속으로는 요것 봐라? 하면서 표정은 변함이 없다.
"아는 대로 말해봐라."
"그의 실제 신분은 거란족 왕손이며 본명은 적사파울. 금천대인과 마학사, 혈천황이라는 몇 가지 신분으로 왕성하게 활동하고 있습니다."

팔장개의 설명을 들으면서 백당은 아무렇지도 않은 듯한데 대무영은 그럴 수가 없었다.

팔장개가 비밀에 쌓여 있는 마학사, 아니, 적사파울에 대해서 너무 많은 것을 그리고 자세히 알고 있다는 사실에 놀라지 않을 수가 없었다.

팔장개는 이후로도 적사파울에 대해서 많은 내용을 막힘없이 설명했다.

그중에는 대무영이 모르고 있었던 것들도 있었으며 중요한 내용도 더러 있었다.

그러나 팔장개는, 아니, 개방은 적사파울에 대해서 대무영만큼은 알고 있지 못했다.

그렇더라도 개방의 정보 수집 능력은 실로 대단했다. 그들은 적사파울을 목적으로 삼아서 정보를 수집한 것이 아니라 그저 다른 강호인들을 조사하는 것처럼 조사했다는 점에서 실로 높이 평가할 만하다.

대무영은 호기심이 생겼다. 현재의 그는 수염을 기른 전혀 다른 모습인데 과연 팔장개가 자신을 알아보는지 시험해 보고 싶어졌다.

"내가 누군지 아시오?"

팔장개는 적사파울에 대해서 설명을 하는 동안에도 대무영을 유심히 살폈었다.

그가 보기에 대무영은 젊은데도 쟁쟁한 금마절도와 함께 있기 때문에 누군지 궁금했던 것이다.

"혹시 단목검객이 아니시오?"

"아! 어떻게 알아보았소?"

대무영은 깜짝 놀라서 부지중 탄성을 터뜨렸다. 설마 팔장개가 자신을 알아볼지는 예상하지 못했었다. 그리고 그가 어떻게 알아보았는지 궁금했다.

말대가리처럼 길쭉한 얼굴에 턱에 듬성듬성 수염이 난 용모의 팔장개는 대무영이 누군지 맞췄다는 것에 기분이 조금 좋아진 듯 어색한 미소를 지었다.

"개방에서는 사람을 식별하는 특수한 훈련을 오랫동안 받기 때문에 그리 어려운 일이 아니오. 상대가 면구를 쓰거나 복면을 하지 않았다면 거의 알아볼 수 있소."

대무영은 개방 제자들이 받는다는 특수한 훈련이 무엇인지 궁금했으나 참기로 했다.

그보다는 백당이 팔장개를 부른 이유가 더 궁금하다. 그리고 어째서 개방 강소총분타주인 팔장개가 백당에게 설설 기는 것인지도 알고 싶었다.

대무영이 침묵을 지키자 이윽고 백당이 단도직입적으로 본론을 꺼냈다.

"너, 지금 이 순간부터 적사파울에 대해서 조사를 하고 또 그놈을 감시해라."

"알겠습니다."

대무영은 그제야 백당이 개방에게 적사파울의 감시를 부탁하려는 이도를 깨달았다.

아니, 이것은 부탁이 아니라 명령이다. 그리고 팔장개는 마치 방주의 명령을 받들 듯이 찍소리도 하지 않고 깊숙이 허리를 굽혔다.

이런 상황이면 보통 왜 적사파울을 감시해야 하느냐고 묻는 것이 보통인데 팔장개는 무조건 받들어 모셨다.

"더 하실 말씀은……."

"내가 언제 어디서든 적사파울의 근황을 알 수 있도록 해 놓아야 한다."

"명심하겠습니다."

"무제(無弟)는 어디에 있느냐?"

"방주께선 아마 북경 총타에 계실 것입니다."

"무제를 내게 오라고 일러라."

아름다운 슬픔

"그렇게 하겠습니다."

백당은 가볍게 고개를 끄떡였다.

"가봐라."

팔장개는 처음에 들어왔을 때보다 더 깊숙이 허리를 굽히고는 뒷걸음질 쳤다.

그때 대무영이 손을 들어 팔장개를 제지했다.

"잠깐 물어볼 말이 있소."

팔장개는 뒷걸음질을 멈추고 대무영과 백당을 번갈아 쳐다보았다.

백당이 찻잔을 집어 들며 팔장개에게 주의를 주었다.

"이 친구는 내 의제다."

"아……"

팔장개는 두 발이 바닥에서 반 자나 떠오를 정도로 화들짝 놀라더니 곧 더없이 공손한 동작으로 대무영에게 예를 갖추었다.

"팔장개가 단목검객을 뵈옵니다."

"어… 이러지 마시오."

대무영은 당황해서 얼른 다가가 팔장개를 잡고 허리를 펴게 하였다.

그 순간 백당과 팔장개의 눈이 가볍게 빛났다. 두 사람은 대무영이 더럽기 짝이 없는 팔장개의 몸을 서슴없이 만지는 것을 보고 그의 사람됨을 알게 되었다.

백당은 과연 자신이 선택한 아우답다는 듯 흐뭇한 마음이 들었고, 팔장개는 소문으로만 들었던 단목검객을 새로운 시선으로 보게 되었다.

대무영은 팔장개 앞에 서서 궁금하게 여겼던 것을 물었다.

"혹시 최근 나의 행적에 대해서도 알고 있소?"

"대충 알고 있습니다."

그러면서 팔장개는 보일 듯 말 듯 희미한 미소를 지었는데 왠지 그 미소가 대무영을 조금 불안하게 만들었다.

"말해주겠소?"

"그렇다면 순시상으로 단목검객의 과거 행적부터 말씀드리겠습니다."

'과거 행적?'

대무영은 의아한 표정을 지었다. 그가 과거에 무엇을 했는지는 그의 측근들만이 알고 있기 때문이다.

그런데 팔장개는 대무영에 대해서, 아니, 과거 행적에 대해서 마치 실타래를 솔솔 푸는 것처럼 막힘없이 설명하기 시작했다.

'이럴 수가……'

대무영은 눈을 휘둥그렇게 뜨며 놀랐다. 이건 도대체 놀라지 않을 수가 없었다.

이 년여 전 대무영이 화산에서 내려온 다음 날부터의 상황이 팔장개의 입을 통해서 마치 눈으로 본 것처럼 좔좔 읊어지고 있는 것이다.

정확히 말하자면 대무영이 화음현의 연지루에서 쟁천십이류의 명협인 형산일도풍 나운택과 싸워서 이겨 최초로 명협이 된 직후부터의 상황이었다.

그것은 대무영이 명협이 된 순간부터 개방의 이목을 끌었다는 뜻이다.

설명 중에는 드문드문 빠지는 부분이 있기는 하지만, 그 정도면 거의 완벽하다고 할 수 있었다.

다만 팔장개의 설명은 거의 외양적인 것들로 도배되어 있었다. 즉, 깊이 있는 속사정은 알지 못하고 표면적인 것들만 훤하게 꿰고 있었다.

그것이 감시와 조사, 미행의 한계다. 또한 개방은 위험부담 때문에 염탐이나 도청 같은 것은 하지 않기 때문에 무슨 일이 일어났는지는 알아도 그것이 왜 일어났으며 어떻게 결론이 났는지는 모르는 것이다.

그렇다고 해도 이것은 실로 놀라운 일이다. 팔장개는 심지어 대무영이 낙양을 잠시 떠나 있었던 사이에 낙수천화의 제일기루 해란화가 적사파울에 의해서 와해되었다는 사실에 대해서도 자세히 알고 있었다.

뿐만 아니라 대무영이 최초로 사귄 친구 추풍신룡 주도현과 이후 옥봉검신 주지화와의 만남과 헤어짐에 대해서도 직접 본 것처럼 알고 있었다.
 대무영이 놀라고 있는 사이에 팔장개의 설명은 과거 행적의 마지막 부분을 쏟아내고 있었다.
 "단목검객께서는 호북성 번성현의 면막사와 만나서……."
 놀라서 기절초풍할 일이다. 팔장개의 입에서 흘러나오고 있는 얘기는 대무영이 면막사, 아니, 도단야를 만났을 때부터 삼족오일선과 이선을 통해 수백 명의 고구려인을 향격리랍으로 이송시킨 일들에 관한 것이다.
 또한 대무영과 도단야 등의 정체에 대해서는 몰라도, 향격리랍으로 이송시킨 사람들이 고구려인이라는 사실은 알고 있었다. 고구려인들의 뒷조사를 한 것이 분명했다.
 그뿐만이 아니다. 대무영이 향격리랍에서 다시 중원으로 돌아와 항주 명야루에 갔던 일과 그곳에서 금마절도 백당과 마주쳐서 싸운 일과 그 결과에 대해서, 그리고 보천내가의 돈과 보물을 훔쳐서 유람선에 싣고 떠났던 일까지도 속속들이 알고 있었다.
 한마디로 개방은 귀신이다. 아니, 귀신도 모르는 일마저 알고 있으니 귀신 뺨칠 정도다.

그러나 대무영 일행이 유람선에 돈과 보물을 놔두고 대동이단 배로 갈아탄 일은 모르고 있었다.

아마도 개방은 배로 추적을 할 만한 준비가 되어 있지 않기 때문에 바다에서 일어난 일에 대해서는 알 수가 없는 것 같았다.

다만 배는 언젠가 포구로 돌아오게 마련이라 그것을 보고 그 사이에 무슨 일이 있었는지 유추하는 듯했다.

그러나 지금 대무영은 감탄을 하고 있지 않았다. 팔장개의 설명을 들으면서 그에게 한 가지를 물어봐야겠다고 생각했기 때문이다.

바로 해란화의 행방이다. 개방이 낙수천화의 기루 해란화가 적수파울에 의해서 괴멸됐다는 사실을 알고 있다면, 혹시 해란화의 행방도 알고 있지 않을까 해서다.

"총분타주."

팔장개가 설명을 끝내기를 기다렸다가 대무영은 조심스럽게 그를 불렀다.

팔장개는 펄쩍 뛰었다.

"어이구, 그렇게 부르지 마십시오. 감당하기 어렵습니다. 다시 불러주십시오."

대무영은 해란화에 대해서 물으려고 마음이 바쁜데 팔장개는 호칭이 잘못됐다고 다시 불러달라고 한다.

"무영아, 팔장개라고 불러라."

백당의 말에 마음이 급한 대무영은 염치 불구하고 그냥 그대로 불렀다.

"팔장개, 혹시 해란화를 아시오?"

"하대하십시오. 감당하기 어렵……."

"팔장개, 해란화를 아느냐?"

"압니다."

대무영의 심장이 빠르게 뛰었다.

"그녀가 지금 어디에 있는지 아느냐?"

"모릅니다."

기대감은 급속히 상승했다가 수직으로 추락했다.

"그러나 명령하시면 알아보겠습니다."

"그래! 알아봐다오!"

기대감이 다시 상승했다. 대무영은 혹시 개방이 직접 나서면 해란화를 찾을 수도 있지 않을까 희망을 걸었다.

"혹시……."

대무영은 그 다음으로 궁금한 것을 물었다.

"옥봉검신에 대해서 알고 있나?"

"압니다."

"말해다오."

팔장개는 막힘이 없었다. 마치 기다리고 있었다는 듯 주지화에 대해서 설명했다.

"옥봉검신 우지화의 본명은 주지화이며, 쟁천십이류 신위고, 삼천성, 즉 천무천인 독고천성의 제자입니다."

주지화가 천무의 제자라는 사실은 대무영도 어느 정도 짐작하고 있었던 일이다.

작년에 대무영은 무당과 장문인의 제자가 된 이후 형산에서 적사파울의 음모에 빠져서 무일쌍절, 즉 무상절 사도헌과 일편절 나운정에게 거의 죽음 직전까지 치도곤을 당하고 그들에게 주지화를 뺏긴 적이 있었다.

그 일 이후 알아본 바에 의하면 사도헌과 나운정이 삼천성이라고 불리는 천무천인의 제자라는 것이었다. 그런데 그들이 주지화를 사매라고 불렀으니까 그녀도 천무천인의 제자라는 뜻이 아니었겠는가.

"주지화의 사형이며 사저인 무일쌍절 무상절 사도헌과 일편절 나운정은 쟁천십이류의 이 등급 절대로써 여기에 계신 백당 어르신과 더불어 당금 강호에서 쟁천삼절(爭天三絶)이라고 불립니다."

대무영이 정말로 대경실색한 내용은 그 다음에 나왔다.

"그런데 옥봉검신 주지화의 실제 신분은 당금 황제의 장중주(掌中珠)인 영화 공주라는 사실입니다."

"장중주 영화 공주?"

대무영이 무식해서 장중주라는 말을 모를 것이라고 짐작한 백당이 넌지시 참견을 했다.

"주지화가 황제의 딸, 공주라는 것이다."

"아……."

대무영은 망연자실했다. 너무 놀라 다리의 힘이 빠져서 그대로 주저앉을 것만 같았다.

주지화가 공주라면 그녀의 오빠인 주도현은 왕자라는 뜻이 아닌가.

대무영이 만났던, 그리고 그와 깊은 인연을 맺었던 두 사람이 대명제국의 왕자와 공주라니 그런 일은 상상조차 해본 적이 없었다.

"그게……."

"틀림없습니다."

대무영이 확인을 하려고 말을 꺼내기도 전에 팔장개는 자르듯이 말했다.

그 두 사람이 왕자이고 공주라는 사실을 알게 된 순간 대무영은 갑자기 그들로부터 멀어지는 듯한 느낌이 들었다.

자신과 다른 부류이기 때문이 아니라, 자신은 고구려의 후예이며 발해 왕자인데 반해서 그들이 대명제국의 왕자와 공주였다는 사실 때문이다.

잠시 침묵이 흐른 후에 마음을 수습한 대무영은 팔장개에게 신신당부했다.

"해란화의 행적을 꼭 알아봐다오. 부탁한다."

"전력을 다하겠습니다. 믿고 기다리시면 꼭 좋은 소식을 전해드리겠습니다."

팔장개가 나간 후 대무영은 잠시 심각한 표정을 짓고 있다가 이윽고 얼굴에 감탄 어린 기색을 감추지 못한 채 백당을 쳐다보았다.

"형님."

"나하고 개방주하고는 의형제 사이다."

"아······."

백당은 대무영이 무엇을 물어볼지 미리 알고 별것 아니라는 듯 간단하게 설명했다.

그 말로 모든 것이 설명되었다. 세력으로나 규모면에서 강호제일인 개방의 방주하고 백당이 의형제간이라는데 더 이상 무슨 말이 필요하겠는가.

"형님, 정말······."

"그만해라."

대무영이 놀라고 감동해서 어쩔 줄 모르는데 백당은 표정의 변화도 없이 그를 일축시켰다.

백당은 너저분한 공치사라든가 어수선한 설레발을 싫어하

는 것이 분명했다.

그렇다고 해도 대무영으로서는 이대로 있을 수가 없다. 어떻게든 마음의 표현을 하고 싶었다.

"형님, 잠깐 일어나 보십시오."

대무영은 자리에서 일어나 그에게 다가가며 말했다.

"왜 그러느냐?"

대무영은 무뚝뚝한 표정으로 일어선 백당을 두 팔을 벌려서 가만히 끌어안았다.

"너… 뭐 하는 거냐?"

백당은 움찔했다.

"형님이 좋아서 그럽니다."

대무영은 미소 지으면서 좀 더 세게 안았다.

백당은 어색한 표정으로 대무영에게서 벗어나려고 약간 몸을 움직이다가 곧 멈추면서 빙그레 미소 지었다.

"이 녀석아. 남자끼리 민망하게 무슨 짓이냐?"

하지만 백당은 싫은 표정이 아니다. 아니, 오히려 난생처음 뭐라고 형언하기 어려운 흐뭇함을 맛보았다.

* * *

안휘성(安徽省)의 성도 합비(合肥).

"형님, 소제는 괜찮습니다. 그러니……."

"이러지 마시고 소신(小臣)의 소원을 딱 한 번만 들어주십시오. 절대 후회하지 않으실 겁니다."

합비 근교의 아름다운 호수 소호(巢湖) 변에 길게 늘어선 수많은 기루 중 어느 기루 입구에서 두 명의 청년이 작은 실랑이를 벌이고 있다.

두 청년 중에 한 사람은 주도현이다. 사촌 형인 또 한 청년에게 팔이 잡혀서 기루 안으로 끌려 들어가는 그는 매우 난감한 표정이다.

"합비까지 소신을 보러 찾아오셨는데 대접이 소홀하면 되겠습니까?"

"그렇지만 기루는 좀……."

주도현은 이십삼 세가 되도록 기루에는 한 번도 들어가 본 적이 없었다.

몇 푼의 돈을 주고 여자를 사고 또 그런 여자들하고 시시덕거리면서 어울려 술을 마시며 노는 것에 강한 거부감이 있기 때문이다.

"소신이 장담합니다. 태제(太弟)께선 절대로 후회하지 않으실 겁니다."

사촌 형은 당금 대명제국 황제의 조카다. 즉, 그의 부친이 황제의 친동생인 것이다.

부친은 합비에 제후(諸侯)로 봉작(封爵)되어 성락왕(成樂王)이라는 칭호를 하사받았다.

승화 왕자(昇華王子)로 불리는 사촌 형 주연정(朱延正)은 이곳 만희각(滿喜閣)의 단골이다.

일 년여 전부터 그가 점찍어둔 특별한 기녀가 이곳에 있기 때문이다.

하지만 그는 한 번도 그 기녀와 잠자리를 가져보지 못한 것을 한으로 여기고 있다.

그가 거의 매일 만희각에 찾아와서 제아무리 공을 들여도 기녀는 요지부동 절대로 동침을 허락하지 않았다.

각주에게 통사정을 해봐도 별무소득이었다. 각주는 자신이 그 기녀에게 강제로 명령할 수는 없으며 그녀 스스로 마음을 열어야만 한다는 것이다.

주연정은 기루라면 질색하는 사촌 동생 주도현에게 오늘 그 기녀를 보여주고 싶은 것이다.

주도현은 자신하고는 달리 헌앙한 천하의 미남자이며 어디 한 군데 흠잡을 데 없기 때문에 그를 본 기녀가 잠자리를 허락할지도 모른다고 짐작했다.

주도현을 그만큼 좋아하기 때문에 자신이 흠뻑 빠진 기녀를 양보하려는 것이다.

이 지방 제후의 아들 승화 왕자는 언제나 만희각 최고의 귀빈으로 대접을 받는다.

미주가효가 가득 차려진 탁자에 주도현과 주연정이 마주 보고 앉아 있다.

각주와 총관 등이 직접 하녀들을 지휘하여 술과 요리를 차리고 나서도 떠나지 않고 주도현과 주연정 옆에서 손수 시중을 들고 있다.

"도대체 천상녀(天上女)는 언제 오는 겐가?"

자리에 앉은 지 한 식경도 지나지 않았는데 주연정은 기녀가 오지 않는다고 성화를 부렸다.

주도현은 내심 실소를 금치 못했다. 천상녀. 하늘의 여인이라니, 주연정이 한낱 기녀에게 빠져도 단단히 빠졌다는 생각이 들었다.

"호호호! 사군(思君)은 곧 올 거예요. 치장을 하느라 늦는 게지요."

삼십대의 요염한 각주는 주연정에게 술을 따르면서 방울 소리 같은 웃음소리를 냈다.

그러면서 각주는, 아니, 총관까지도 주도현에게서 시선을 떼지 못하고 훔쳐보느라 정신이 없다.

그녀들은 태어난 이후 주도현처럼 잘생기고 멋진 사내를 한 번도 본 적이 없었다. 뿐인가.

아무리 잘생겼다고 해도 기품이라는 것은 억지로 만들어 낼 수 없는 법이다.
그런데 주도현은 마치 천상에서 하강한 선인 같은 고고한 기품을 지니고 있다.
사란사형(似蘭斯馨). 난초처럼 꽃다운 군자의 기도란 바로 주도현을 가리키는 말인 듯했다.
주도현은 주연정이 천상녀라고 부르는 기녀의 기명이 사군이라는 것을 알았다.
사군이라니, 임금을 그리워한다는 뜻인데, 한낱 기녀가 임금하고 친분이 있을 리는 없고 아마도 군의 또 다른 뜻인 임, 정인(情人)을 그리워한다는 뜻일 게다.
"오오… 천상녀. 어서 오시오!"
주연정이 탄성을 터뜨리며 자리에서 벌떡 일어나 문 쪽으로 허둥지둥 달려갔다.
주도현은 무심코 그쪽으로 고개를 돌리다가 순간 몸이 얼어붙고 말았다.
"……"
양쪽에 두 하녀의 부축을 받으면서 지금 막 실내로 들어서고 있는 한 여인을 발견했기 때문이다.
주도현은 황궁을 떠나 지금까지 사 년여 동안 천하를 주유하면서 많은 경험을 쌓았고 또 많은 여자를 봤으나 지금 눈앞에서 보고 있는 여자처럼 천상의 아름다움을 지닌 여자는 본 적이 없었다.

그는 조금 전에 사촌 형 주연정이 한낱 기녀를 천상녀라고 불렀을 때 실소를 금치 못했으나 자신이 직접 보니까 천상녀 말고는 따로 부를 이름이 없을 듯했다. 말 그대로 천상에서 하강한 선녀 천상녀 같았다.

사 년여 동안 천하를 주유한 결과 그는 자신의 누이동생 주지화가 가장 아름답다는 사실을 깨달았었다.

그런데 그게 아니다. 지금 눈앞에서 한 조각 구름을 타고 미끄러져오듯이 다가오고 있는 여자는 주지화만큼 아름다웠으며 그녀하고는 전혀 다른 청초하고 고결한 기품을 풍겨내고 있었다.

주연정은 천상녀 사군을 바라보면서 넋이 달아난 듯한 표정을 짓고 있는 주도현을 힐끗 보고는 그럼 그렇지 하는 흐뭇한 미소를 지었다.

기루를 싫어한다던 주도현은 맞은편에 그린 듯이 앉아 있는 사군에게서 한시도 시선을 떼지 못했다.

그 이유는 그녀의 아름다움 때문만이 아니다. 그녀에겐 뭐라고 설명하기 어려운 복잡하고도 감추어진 아름다움이 더 많이 깃들어 있었다.

그중에서도 주도현의 눈길을 잡아끄는 것은 깊은 심해와도 같은 슬픔이었다.

사군이 지니고 있는 것은 슬픔의 아름다움이었다. 주도현은 그녀의 슬픔을 보면서 흡사 삼라만상이 온통 다 슬퍼하는 듯한 착각을 느꼈다.

실내에는 주도현과 주연정, 그리고 사군 세 사람뿐이다. 주연정이 다른 사람을 모두 내보냈다. 방해를 받고 싶지 않기 때문이다.

주연정은 사군의 시중을 받지 않고 스스로 모든 것을 다 알아서 챙겼다.

다른 기녀들은 손님에게 술을 따르고 요리를 먹여주든가 심지어 잠자리 시중까지 들지만 사군은 그런 것들을 일체 하지 않는다.

그래도 만희각에서 그녀와 술자리를 하기 위해서 손님들의 예약이 반년이나 밀려 있는 상황이다.

"흠!"

주도현이 너무 오랫동안 사군에게 넋이 빠져 있자 주연정이 낮게 기침을 했다.

"아… 형님."

주도현은 자신의 결례를 깨닫고 얼굴을 붉혔다. 그러나 아주 잠깐 주연정을 쳐다보았다가 시선은 저절로 다시 사군에게 향하고 있었다.
"이 사람이 천상녀 사군입니다."
주연정이 사군을 가리키며 정식으로 소개를 하자 주도현은 정중히 포권을 하였다.
"소생은 주도현이오."
지금까지 눈을 내리깔고 있던 사군이 비로소 처음으로 주도현에게 시선을 주었다.
'아……'
그녀의 시선을, 아니, 눈을 마주 바라보는 순간 주도현은 자신도 모르게 속으로 탄성을 터뜨리고 말았다.
그녀의 눈은 너무도 아름다웠다. 그럴 수만 있다면 저 눈 속으로 뛰어들어 익사하고 싶을 정도다.
목숨을 잃는다고 해도 그렇게 죽을 수 있다면 최상의 행복을 만끽할 것 같았다.
길고 가지런한 속눈썹은 말하지 못할 우수에 잠겨 있고, 크고 맑으며 흑백이 또렷한 두 눈, 그래서 바라보고 있으면 가슴속으로 미풍이 불거나 한줄기 얼음물이 흐르는 듯 저절로 서늘해지는 느낌이 들었다.
사군의 눈을, 아니, 눈빛을 보는 순간 주도현은 비로소 그녀가 지니고 있는 슬픔의 실체가 무엇인지 깨달았다.
그것은 그리움이었다. 주도현도 그녀처럼 그리움을 가슴

에 품고 있다.

세상에 단 하나뿐인 친구 대무영에 대한 그리움이다. 언제 다시 만날지 기약도 없이 헤어졌던 그 친구를 주도현은 하루에도 수십 번씩이나 생각하고 그리워했었다.

맛있는 요리와 향기로운 술을 마주하면 대무영과 함께 먹고 마시고 싶었고, 좋은 경치를 만나도 대무영과 함께 감상하고 싶었다.

불사이자사(不思而自思). 생각하지 않으려고 해도 저절로 떠오르는 것을 어찌하랴.

그런데 그가 품고 있는 그리움을 사군도 지니고 있는 것이 분명했다.

하지만 비교할 수가 없다. 그녀의 그리움은 너무 깊고 진해서 마치 한(恨)처럼 느껴졌다.

그래서 나도 누군가를 그리워한다고 말하는 것이 그녀를 모욕하는 것 같았다.

주도현은 갑자기 그녀가 도대체 누구를 그리워하고 있는 것인지 알고 싶어졌다. 할 수만 있다면 그녀의 그리움을 풀어주고 싶었다.

"그대는 누구를 그리워하는 것이오?"

그래서 불쑥 물었다. 그것이 착각일지 모른다는 생각도, 이렇게 물어보는 것이 실례라는 것도 생각하지 않았다.

"태제, 그녀는 벙어리입니다."

"아……."

깜짝 놀란 주도현은 낮은 탄성을 흘렸다. 왜 갑자기 그녀가 벙어리인 것이 자신의 책임인 것처럼 가슴이 아픈 것인지 모를 일이다.

"사군, 비파를 타주겠소?"

주연정은 하녀가 갖다놓은 비파를 들고 와서 조심스럽게 사군에게 내밀며 주문했다.

사군은 비파를 받아서 자신의 몸 앞에 단정하게 세워 비파의 머리 부분을 왼쪽 어깨에 비스듬히 얹고는 사르르 눈을 감았다.

눈을 뜨고 있을 때보다 감았을 때 그녀의 속눈썹은 더욱 아름다웠다.

그리고 주도현은 그녀의 속눈썹이 파르르 떨리는 것을 보았고, 또한 속눈썹이 촉촉이 젖는 것을 느꼈다. 그녀는 온몸 전체가 슬픔의 덩어리였다.

뚜둥따땅… 따라랑…….

그때 꿈결처럼 비파 소리가 실내를 잔잔하게 흔들었다.

그 순간부터 주도현은 정신을 잃었다. 그리고 깨어나 보니 사군의 비파 연주는 어느새 끝났으며 주도현 자신은 탁자에 엎드려 있었다.

움찔 놀라서 상체를 일으키는데 얼굴이 젖은 것을 느끼고 손으로 만져보니 물기가 느껴졌다.

 그래서 그는 자신이 비파 연주를 들으면서 울었다는 것을 그제야 깨달았다.

 그런데도 민망함이나 부끄러움을 느끼지 못했다. 그가 둘러보니 주연정은 아예 비단 손수건으로 얼굴을 가린 채 흐느껴 울고 있었으며, 연주를 끝낸 사군은 비파를 꼭 가슴에 안은 채 역시 소리 없이 눈물을 흘리고 있었다. 세 사람은 다 울고 있었던 것이다.

 슬픈 아름다움이 눈물을 흘리자 천지가 다 통곡하는 것 같았다. 아니, 그 눈물에 삼라만상이 녹아내렸다.

 주도현은 과연 무슨 일이 있었는지 반추해 보았다. 왜 비파 연주를 듣는 순간 정신을 잃었으며 아무것도 기억나지 않는 것인지 생각해 보았다.

 그랬더니 새록새록 기억이 생생하게 떠올랐다. 그녀의 비파연주가 너무 황홀하고 감미로우며 슬퍼서 그는 녹아버렸던 것이다.

 비파 연주가 진행되는 동안 그는 이곳에 없었다. 존재하면서도 존재하지 않았다. 이곳에는 다만 비파 연주의 음률만 흐르고 있었던 것이다.

 그것을 깨달았을 때 주도현은 더불어 또 하나의 놀라운 한

가지 사실을 깨닫고 있었다. 믿을 수 없게도 자신이 사군을 사랑하기 시작했다는 사실이다. 이토록 짧은 시간에 그는 한 여인을 사랑하게 되었다.

第八十六章
해란화를 찾아서

대무영의 배가 남경 하관포구를 출발한 지 사흘이 지났다.

그 사흘 동안 대무영은 낮에는 늘 금마절도 백당하고만 붙어서 지냈다.

처음에 두 사람은 이것저것 여러 분야에 대해서 대화를 나누다가 반나절이 지나기도 전에 무공에 대한 이야기로 귀결되었다.

대무영은 십여 년 전 자신이 숭산에서 처음 배운 백보신권부터 마지막으로 터득한 삼족오검법에 이르기까지 하나도 빼놓지 않고 차근차근 설명하면서 아울러 모든 무공에 대해서 시범도 보였다.

자신이 배운 것을 어떤 다른 사람에게 설명하는 것은 다시 한 번 배우는 것이나 다름이 없다는 말이 있다.

대무영은 자신이 배웠던 무술과 무공들을 설명하면서 그것들을 새롭게 정리하는 계기가 됐다.

삼족오검법을 익혔기 때문에 그전에 배웠던 것들은 이제 필요 없을지도 모른다는 생각을 했었는데 그것은 지나친 자만이었다.

설명을 거의 끝마쳐 갈 무렵에 그는 자신이 승화되고 있다는 느낌을 강하게 받았다.

그리고 모든 설명과 시범이 끝났을 때까지도 침묵을 지키고 있던 백당이 딱 한마디를 했다.

"예전의 무공을 모두 압축해서 삼족오검법에 넣으면 어떻겠느냐?"

대무영은 그 말을 곰곰이 생각해 봤고 충분히 타당성이 있다는 결론을 얻었다.

그때부터 대무영은 백당이 지켜보는 가운데 예전에 배웠던 여러 무공을 집약하기 시작했고, 그것을 삼족오검법에 응용시키려고 애썼다.

대무영 일행이 탄 배는 남경을 떠난 지 칠 일 만에 안휘성

경내로 들어서 당도현(當塗縣)이라는 곳에 이르렀다.

대무영은 낮 동안에는 내내 선창의 선실에 틀어박혀서 백당과 함께 새로운 무공을 연마하느라 여념이 없었다.

그러나 자정 전에는 꼭 자신의 선실로 돌아와서 도해와 파로, 서가와 함께 달콤한 시간을 보냈다.

도해에 의해서 여자의 몸에 눈을 뜬 그는 연조에 이어서 파로, 서가까지 파죽지세로 무시무시한 정력을 과시하고 있는 중이다.

도해와 파로, 서가는 성격도 그렇지만 성사를 하는 모습도 제각각이다.

대무영은 정사를 할 때 능동적이고 자신을 이끌어주는 도해에게 길들여져 있었다.

둘 다 정사에 대해서는 아무것도 모르기 때문에 하면서 하나씩 배우고 터득해 나갔었다.

대무영은 그렇게 익힌 여러 기술을 파로와 서가에게 유감없이 발휘했으며, 그 과정에 새로운 기법을 개발하여 써먹기도 했다.

세 여자는 모든 것이 달랐다. 도해는 능동적이면서도 앙큼스럽고, 파로는 대무영이 짓밟으면 그의 가슴에 얼굴을 묻은 채 두 팔과 다리로 그의 몸을 꼭 끌어안고는 몸을 바들바들 떨면서 터져 나오려는 신음을 삼키려고 귀여운 강아지처럼 끙끙거렸다.

즉, 파로는 수동적이다. 대무영이 하라면 하라는 대로, 짓밟으면 짓밟는 대로 얌전하게 말을 잘 들었다.

반면에 서가는 셋 중에서 성욕이 제일 세다. 뿐만 아니라 암코양이처럼 드세고 거칠다.

또한 흥분을 하거나 절정으로 치달을 때면 흐느껴 울거나 소리를 지르는데, 한마디로 표현하자면 미쳐서 발광을 하는 것 같았다.

대무영이 예전처럼 밤낮으로 무공 연마를 하지 않는 이유는 여자에 눈을 떴기 때문이다.

사랑하는 여자가 곁에 없거나 그러지 못하는 상황이라면 어쩔 수 없는 일이다.

그렇지만 손만 뻗으면 닿을 수 있는 곳에 어여쁜 도해와 최고의 미녀인 파로와 서가가 있거늘 어찌 무공 연마가 제대로 될 수 있겠는가.

"하아아… 하악……."
"학학학… 학학……."

자정 즈음에 시작된 네 사람의 정사는 두 시진이 지난 인시(새벽 4시경)가 돼서야 겨우 끝났다.

아니, 아직 끝나지 않았다. 도해와 파로는 충분히 만족을 하고 또 녹초가 돼서 땀범벅인 상태로 대무영의 양팔에 안겨 있는데, 서가는 가쁜 숨을 몰아쉬면서도 성이 차지 않는지 대무영의 몸 위에 앉아 있다.

그는 똑바로 누워 있는데 서가는 그의 하체에 그를 향해 앉아서 할딱거리면서 연신 허리와 둔부를 부지런히 움직이고 있었다.

"가야, 힘들지 않느냐?"

대무영이 빙그레 미소를 지으면서 묻자 서가는 두 손바닥으로 그의 가슴을 짚고 숨을 쌕쌕 몰아쉬면서 질정으로 치달리며 뜨거운 숨결을 토해냈다.

"학학학… 힘들지 않아……. 영랑 거… 아직… 크고 단단해… 최고야……."

대무영은 서가를 상대해 줄 기력은 남아 있으나 양팔에 도해와 파로가 안겨 있기 때문에 그냥 서가가 하는 대로 내버려두고 눈을 감았다.

다음 날 이른 아침에 대무영이 그토록 기다리던 팔장개의 소식이 전해졌다.

대무영의 배는 어제 저녁나절에 당도현 포구에 정박하여 밤을 보냈는데 팔장개가 보낸 개방 제자가 배로 직접 찾아온 것이다.

―해란화를 찾아냈음. 안휘성 합비 근교 소호 변의 만회각에서 사군이라는 기녀로 있음.

 합비라면 이곳 당도현에서 이백여 리 밖에 떨어져 있지 않은 곳이다.

* * *

 당도현 포구에서 아침에 출발한 대무영은 전력으로 쉬지 않고 달려서 정오 무렵에 소호 변에 길게 늘어서 있는 수십 개의 기루촌에 도착했다.
 흙먼지를 뒤집어쓴 그는 기루촌 내에서 만회각을 어렵지 않게 찾아냈다.
 그는 굳게 닫혀 있는 전문 옆 골목으로 들어가서 만회각의 담을 넘었다.
 기루는 활기가 넘치는 밤하고는 달리 낮에 훨씬 더 조용해서 무덤이나 다름이 없다.
 그가 들어선 곳은 담 아래의 작은 숲이며, 나무 사이로 기루 뒤편의 광경이 보였다.
 거리 쪽으로 있는 본채 말고도 뒤쪽에는 세 채의 전각과 대여섯 채의 별채와 누각 따위, 그리고 정원과 작은 인공 연못, 주방 건물과 창고 등이 여기저기 띄엄띄엄 자리 잡고 있었다. 꽤 규모가 큰 기루다.

사람의 모습은 하나도 보이지 않았다. 기녀든, 숙수나 하녀들이든 모두 밤에 바쁘니까 낮에는 자거나 휴식을 취하고 있을 터이다.

그나저나 저렇게 많은 건물에 직접 잠입해서 해란화가 어디에 있는지 알아내는 것은 시간이 너무 많이 걸리고 그 사이에 발각될 수도 있다.

해란화가 이곳에 있다면 만희각은 보천기집 휘하 중 하나가 분명하다.

그런데 대무영이 발각되면 여러모로 좋지 않다. 더구나 적사파울은 대무영이 살아 있다는 사실을 모르고 있을 가능성이 큰데 발각은 곧 그의 존재를 알리는 꼴이다.

해란화를 구출하는 것도 중요하지만 그보다는 고구려인 전체의 안위가 훨씬 중요하다. 그러므로 발각되지 않는 것이 최선이다.

제일 쉬운 방법이 누군가를 제압해서 해란화가 있는 곳을 알아내는 것이다. 하지만 아무리 살펴봐도 사람의 그림자조차 보이지 않았다.

문득 그는 어디선가 달그락거리는 소리가 흘러나오는 것

을 감지하고 그곳으로 기척 없이 다가갔다.

달그락… 달각…….

그것은 설거지를 하는 소리였으며 주방 안에서 흘러나오고 있었다.

아무리 주방의 허드렛일을 하는 여자라고 해도 해란화가 누군지는 알 것 같아서 대무영은 어두컴컴한 주방 안으로 미끄러지듯이 들어섰다.

대낮이지만 추운 겨울이라서 창을 꼭꼭 닫아놓은 탓에 안은 매우 어두웠으나 그의 눈에는 대낮이나 다름없다.

남루한 옷차림의 한 여자가 산더미처럼 쌓여 있는 그릇 앞에 웅크리고 앉아서 설거지를 하고 있는 뒤쪽으로 그는 기척 없이 다가갔다.

여자는 한겨울인데도 맨손으로 더구나 찬물에 설거지를 하고 있었다.

그런데도 힘들어하지도 않고, 또한 서둘거나 게으름을 피우지도 않으며 묵묵히 규칙적으로 움직이고 있었다. 저렇게 많은 그릇을 다 씻으려면 한 시진 이상은 걸릴 듯했다.

슥…….

"읍……."

대무영은 뒤에서 손으로 여자의 입을 가리고 다른 손으로 허리를 안아 일으켜 세웠다.

여자는 격렬하게 몸부림쳤으나 대무영의 억센 팔에 허리와 입이 막혀서 꼼짝도 하지 못했다.

그는 뒤에서 그녀를 꼭 안은 채 잠잠해질 때까지 잠시 기다렸다.

여자는 자신의 힘으로는 도저히 벗어날 수 없다는 사실을 깨달았는지 오래지 않아서 몸부림을 멈추었다.

대무영은 여자의 허리를 안고 입을 막은 채 천천히 그녀를 자기 쪽으로 돌렸다.

여자의 얼굴은 긴 머리카락이 뒤덮고 있었다. 머리카락 사이로 한 쌍의 젖은 눈이 그를 쏘아보았다.

'울어?'

여자의 두 눈과 얼굴은 눈물에 젖어 있었으나 낯선 사람에게 갑자기 붙잡혔기 때문에 공포에 질려서 흘리는 눈물이 아니다.

죽일 듯이 지독한 눈빛으로 대무영을 쏘아보고 있는 것을 보면 무섭다고 눈물을 흘릴 여자가 아니다. 그렇다면 그녀는 붙잡히기 전부터 울고 있었다는 얘기다. 설거지를 하면서 울고 있었던 것이다.

"억!"

여자를 빤히 들여다보던 대무영은 갑자기 목에 큰 가시가

걸린 듯한 소리를 내며 얼굴이 놀라움과 반가움으로 가득 물들었다.

"으흐……."

대무영은 여자의 허리와 입을 가렸던 손으로 그녀의 어깨를 와락 잡으면서 짐승 같은 소리를 냈다.

여자는 놀라서 젖은 눈을 크게 뜨고 흔들리는 눈빛으로 그를 바라보았다.

그러다가 갑자기 손을 들어서 수염투성이 그의 뺨을 후려치려고 했다.

하지만 양 어깨가 완고하게 잡혀 있어서 뜻을 이루지 못하자 다시 몸부림쳤다.

"누나……."

대무영의 입에서 흐느낌 같은 낮은 중얼거림이 흘러나왔다.

순간 여자는 반사적으로 후드득 몸을 떨며 얼굴이 파도처럼 크게 흔들렸다.

방금 들은 그 목소리는 꿈속에서조차 잊은 적이 없는 사람의 그것이었다.

대무영의 눈이 젖어들었다. 그의 젖은 눈에 비친 여자의 모습은 삼십대 후반의 중년 여인이었다.

튀어나온 광대뼈와 움푹 꺼진 두 눈, 홀쭉한 양 뺨과 메마른 입술, 윤기 없이 까칠한 피부. 하지만 대무영은 그 본래의 얼굴이 얼마나 예뻤으며 두 눈은 검은 보석처럼 빛났다는 사실을 잘 알고 있다.

그녀는 힘겨운 삶 때문에 열 살이나 더 늙어 보였으며 얼굴에 살점이라곤 붙어 있지 않았다.

"누… 누구……."

"나야, 누나… 숫총각 동생……."

대무영이 낙수의 수적인 낙랑채로부터 해란화를 비롯한 서른한 명의 기녀들을 구하러 갔을 때, 감금되어 있는 기녀 중에서 가장 활달하고 당찬 기녀가 그를 그렇게 불렀었다. 숫총각 동생이라고…….

"무… 무영이야?"

설거지를 하던 여자의 얼굴이 더없는 불신과 조심스러운 기쁨으로 물들었다.

"그래, 누나. 무영이야……."

대무영의 입에서 누구도 흉내 내지 못하는 낮으면서도 다정한 목소리가 흘러나오자 여자 월영의 눈에서 갑자기 폭포처럼 눈물이 쏟아졌다.

"무영아……."

그녀는 쥐어짜듯이 그를 부르며 그의 옆구리의 옷자락을 힘껏 움켜잡았다.

"너로구나… 내 동생 무영이……. 나를 바라보는 이 부드러운 눈빛… 무영이 틀림없어……."

두 손을 들어 수염투성이 대무영의 얼굴을 쓰다듬으며 비오듯이 눈물을 흘린다.

그리고는 쓰러지듯이 그의 품에 안기면서 바들바들 온몸을 격렬하게 떨었다.

"너무 무서웠어……. 너를 다시는 보지 못한다는 사실이 견딜 수 없었어……."

"누나……."

대무영은 그녀를 가만히 품에 안고 부드럽게 등을 쓰다듬어주었다.

"해란화는 여기에 없어."

월영의 입에서 흘러나온 말은 청천벽력과도 같았다.

"그저께 밤에 누가 해란화를 데려갔어."

월영은 그것 때문에 설거지를 하면서 울고 있었던 것이다. 혼자가 됐다는 슬픔보다는 해란화가 어딘가로 끌려가서 고통을 당할지도 모른다는 걱정 때문이었다.

"누가 그녀를 데려갔지?"

대무영은 얼굴이 해쓱해지면서 급히 물었다.

"나도 몰라."

어젯밤 술자리에서 해란화는 너무도 급작스럽게 떠나느라 월영을 만나지도 못했다.

해란화는 만희각의 최고기녀로, 월영은 주방의 하녀로 극과 극의 일을 하면서도 두 사람은 해란화의 방에서 함께 생활했었다.

해란화가 간절히 원하기 때문이었고, 만희각주는 그것을 뿌리치지 못했다.

"술자리에 불려 나간 것까지는 아는데 밤에 방으로 돌아오지 않았어. 아침까지도… 그리고 지금까지도……."

"누가 알까?"

"각주는 알고 있을 거야. 각주 년을 족쳐봐."

월영의 두 눈에서 독한 빛이 흘러나왔다.

대무영은 월영을 데리고 나가 만희각에서 멀지 않은 주루에 남겨두고 다시 만희각으로 잠입했다.

잠시 후에 그는 월영이 만희각주의 거처라고 가르쳐 준 전각의 삼 층 어느 방 앞에 이르렀다.

슥…….

문을 열고 들어가니 여자 냄새와 술, 요리 냄새가 뒤섞여서 훅 끼쳐왔다.

넓고 화려한 방이며, 한쪽에는 지난밤에 먹고 마시던 술자리가 어질러진 채 그대로 있고, 조금 떨어진 침상에는 벌거벗은 남녀가 이불로 반쯤 몸을 가린 방만한 모습으로 자고 있었다.

일견하기에도 지난밤에 남녀가 술을 마시고 나서 질펀하게 정사를 한 듯한 광경이다.

대무영은 소리 없이 다가가 침상 옆에 우뚝 서서 남녀를 굽어보았다.

이 방이 만희각주의 방이라고 월영이 가르쳐 주었으니까 침상에서 자고 있는 여자가 만희각주일 테고 사내는 정부쯤 될 터이다.

그는 지체 없이 손을 뻗어 도해가 가르쳐 준 방식대로 사내의 혼혈을 찔렀다.

"끅……."

그런데 아직 익숙하지 않은 탓에 약간의 힘을 줘야 하는데 너무 세게 찔러서 사내는 그대로 즉사하고 말았다. 혼혈은 중요사혈이기도 해서 약간 세게 찌르면 죽는다고 했는데 힘 조절이 제대로 되지 않았다.

철썩!

"악!"

이어서 희고 풍만한 젖퉁이를 드러내고 입을 반쯤 벌린 채 나직이 코를 골면서 곤하게 잠들어 있는 만희각주의 뺨을 가볍게 건드렸다.

만희각주는 술과 잠에서 덜 깼는지 벌겋게 충혈이 된 눈을 뜨고 깜빡거리다가 대무영을 발견하고 어리둥절한 표정을 지었다.

"누구… 끅!"

그녀는 누구냐고 물어보다가 대무영의 솥뚜껑처럼 커다란 손에 목이 졸렸다.

"사군을 데려간 자가 누구냐?"

대무영은 표정만으로 그녀를 죽일 것처럼 으르렁거리며 물었다.

월영은 이곳에서는 해란화가 사군이라는 이름을 사용한다고 말했었다.

그러면서 사군이라는 이름의 뜻이 그녀가 대무영을 그리워하는 마음이라고 덧붙였었다.

만희각주는 금방 잠을 자다가 뺨을 맞고 강제로 깨워진 상태라서 정신을 차리지 못하고 눈동자가 거센 바람에 흔들리는 갈대처럼 요동쳤다.

"이번에 대답하지 않으면 죽여 버리겠다."

대무영은 더욱 사나운 표정을 지으면서 목을 움켜잡고 있는 손에 조금 더 힘을 가했다.

제 정신을 차린 만희각주는 대무영의 물음에 대답하기보

다는 그를 공격해야겠다고 생각했다. 그래서 팔다리를 버둥거리면서 그를 때리려고 했다.

"이년이 아직 상황을 모르는구나."

대무영은 그녀의 배를 깔고 앉아서 무릎으로 두 팔을 찍어누르며 슬쩍 뺨을 한 대 갈겼다.

뻑!

"……."

슬쩍 때렸다고는 하지만 그녀는 얼굴이 온통 박살 나는 고통에 휩싸였다.

대무영은 입과 코에서 피를 흘리면서 멍한 표정을 짓고 있는 만희각주를 굽어보았다.

"네년의 눈알을 파내고 젖퉁이를 잘라낸 다음에 음부를 도려내야만 순순히 실토를 하겠느냐?"

북설이나 주고후가 고문을 할 때 자주 쓰던 말을 그도 사용해 봤다.

"뭐… 라고 물었느냐?"

과연 그런 으름장은 직통으로 효험이 있었다. 만희각주는 옆에 죽어 있는 사내를 힐끔 보고 나서 겁에 질린 표정으로 물었다.

"사군을 데려간 자가 누구냐?"

듣고 보니까 대답을 못해줄 만한 게 아니라서 그녀는 사실

대로 말했다.

"승화 왕자다."

"왕자?"

왕자라는 말에 대무영은 반사적으로 주도현이 떠올랐다.

"황제의 아들이 사군을 데려갔다는 말이냐?"

"황제의 친동생 성락왕의 아들이다. 이름은 주연정이고 이곳 합비의 제후다."

"그자가 무엇 때문에 사군을 데려갔느냐?"

"주연정은 오래전부터 사군을 시모했었다. 그것을 실전에 옮긴 것뿐이다."

마음이 급해진 대무영은 몇 가지를 더 물어본 후에 만희각주의 목뼈를 부러뜨려 죽이고는 방을 빠져나왔다.

* * *

성락왕저(成樂王邸).

대무영은 벌건 대낮이지만 밤이 될 때까지 기다릴 수가 없어서 승화 왕자가 산다는 성락왕저의 담을 넘었다.

그런데 왕저 내에는 사람들이 너무 많이 왕래하고 있어서 들키지 않고 승화 왕자가 있는 곳을 찾아내고 또 그곳까지 간다는 것이 불가능할 것 같았다.

거대한 왕저 내에 분산해 있는 수십 채의 전각 중에서 대체 어디에 승화 왕자가 있는지 누군가에게 물어보는 방법이 제일 빠르고 수월할 것 같았다.

그가 담을 넘어선 곳은 숲이다. 긴 담을 따라서 안쪽에 이 장 남짓 짧은 폭의 숲이 길게 조성되어 있었다.

그는 담 쪽에 바짝 붙어 숲 속을 따라 이동하면서 방법을 궁리하기 시작했다.

무력으로 하면 성락왕저의 군사들이나 혹시 있을지도 모르는 호위고수들을 그 혼자서 다 처치할 수 있으나 문제는 그 다음이다.

성락왕은 황제의 친동생이라고 했다. 잘못 건드렸다가는 황궁의 적이 되고 만다.

지금 그는 매우 중요한 시기인데 황실의 적이 되어 쫓긴다는 것은 절대 있을 수 없는 일이다.

어떻게 해서든지 아무에게도 들키지 않고 승화 왕자에게 접근하여 해란화를 찾아내서 구출하고 왕저를 빠져나오면 그것으로 그만이다.

그때 그는 숲 밖의 어느 전각을 따라서 걸어오고 있는 한 명의 군사를 발견했다.

재빨리 주위를 살펴보니 다행히 군사 외에는 아무도 없어서 즉시 숲 밖으로 쏘아나갔다.

이어서 마치 독수리가 병아리를 낚아채듯이 군사의 입을 틀어막은 상태에서 다시 숲 속으로 끌고 들어왔다. 소요된 시간은 한 호흡의 반도 되지 않았다.
"승화 왕자는 어디에 있느냐?"
 대무영은 한 그루 거목 뒤에 군사를 밀어붙인 후에 나직한 목소리로 윽박질렀다.
 너무 놀란 군사는 눈을 동그랗게 뜬 채 손을 뻗어 한쪽 방향을 가리켰다.
 대무영이 입에서 손을 떼자 군사는 잔뜩 겁을 먹어 딸꾹질을 해대며 승화 왕자의 거처가 왕저 남쪽에 있으며 태평각(太平閣)이라고 가르쳐 주었다.
 대무영은 군사의 혼혈을 눌러서 잠을 재운 후에 그의 옷을 벗겨 갈아입고는 대감도까지 허리에 찼다. 이어서 군사에게 자신의 옷을 입혀 담 아래쪽 눈에 띄지 않는 곳에 눕혀놓고 마른 풀을 덮었다.

 태평각을 찾는 일은 어렵지 않았다. 왕저의 남쪽에서 가장 높고 큰 전각이었다.
 또한 군사의 복장을 한 대무영이 태평각까지 오는 동안 아무도 제지하지 않았고 이상하게 여기지도 않았다.
 그런데 삼 층 전각인 태평각 입구에는 두 명의 군사가 지키고 있어서 그곳으로 들어가는 것은 포기하고 전각 뒤쪽으로 돌아가 보았다.

마침 전각 뒤쪽에는 아무도 없어서 대무영은 발끝으로 지면을 박차고 수직으로 솟구쳤다.

휘익!

단숨에 삼 층에 이른 그는 어느 창가에 달라붙었다가 창을 열고 안으로 들어갔다.

그곳은 꽤 넓은 방이며 수십 개의 서가(書架)가 빼곡하게 들어찬 것으로 봐서 서실(書室)인 것 같았다.

살며시 바닥으로 내려서던 대무영은 오른쪽 방향에서 거친 숨소리가 들려오는 것을 감지했다.

"헉헉헉······."

"아아··· 아······."

서실에서 날 법한 소리는 아닌데 그것은 남녀가 정사를 하는 소리가 분명했다.

조심스럽게 그쪽으로 다가가보니 과연 그곳에서는 대낮의 정사가 한창 벌어지고 있었다.

대무영이 서가 모퉁이로 한쪽 눈을 살짝 내놓고 살펴보니까 다섯 걸음쯤 거리의 탁자에서 남녀가 씨근덕거리면서 질펀하게 일을 벌이고 있는데 그 열기가 대무영이 있는 곳까지 전해질 정도다.

하녀로 보이는 예쁘장한 이십대 여자가 탁자에 엎드려 있으며, 치마가 허리까지 걷어져서 허옇고 펑퍼짐한 둔부가 고스란히 드러나 있다.

그리고 그녀 뒤에서 화려한 비단 옷차림에 하의를 발목까지 내린 삼십대 초반의 건장한 사내가 엎드린 하녀의 둔부 사이에 음경을 삽입한 채 두 손으로 둔부를 붙잡고 쉴 새 없이 허리를 진퇴시키는 광경이다.

대무영이 있는 위치는 두 사람의 옆에서 약간 뒤쪽이었으므로 하녀의 활짝 열린 둔부와 진퇴하는 음경의 모습이 꽤나 라하게 보였다.

아마도 저 둘은 사람들의 눈을 피해 서가에서 밀애를 나누고 있는 것 같았다.

"아아… 소녀 이대로 죽을 것만 같아요……."

"으흐흐… 그렇게 좋으냐?"

"아아… 왕자님께서 소녀를 이렇게 색녀로 만들었으니까 책임지셔야 해요……."

"알았다……. 염려하지 마라… 헉헉……."

대무영은 자신이 운 좋게도 제대로 찾아왔음을 깨달았다. 둘의 대화로 미루어 비단옷의 사내가 승화 왕자 주연정인 것 같았다.

대무영은 그다지 오래 기다리지 않았다. 그로부터 다섯 호흡쯤 후에 승화 왕자는 두 손으로 하녀의 둔부를 움켜잡고 돌멩이에 얻어맞은 개구리처럼 온몸을 파들파들 떨더니 하녀의 둔부 위로 엎어졌다.

그런데도 하녀는 왕자님의 정력은 아무도 따라가지 못할 것이라느니, 자신은 서너 번이나 까무러쳤다가 깨어나기를 반복했다는 등 입에 발린 거짓말을 해대며 둔부를 살랑살랑 흔들었다.

"푸후후… 다음에는 아예 죽여주마."

기분이 좋아진 주연정은 하녀에게서 떨어지며 기고만장하게 약속했다.

"네. 소녀는 왕자님하고 합체한 상태에서 죽는 것이 소원이에요."

하녀는 하의를 벗고 서 있는 주연정 앞에 무릎을 꿇고 앉아 비단 손수건으로 그의 축 늘어진 음경을 소중하게 잡고 닦아주며 교태를 부렸다.

"음. 깨끗이 닦아라."

"천첩이 따뜻한 타액으로 깨끗이 닦아드리겠어요."

그때 두 사람의 옆쪽에서 하나의 시커먼 인물이 불쑥 튀어나와 곧장 빠르게 다가왔다.

"읍……."

"악! 이년이……."

음경을 입에 물고 있던 여자는 대무영이 불쑥 나타나는 바람에 놀라서 음경을 힘껏 깨물었고, 주연정은 발로 그녀의 가슴을 걷어찼다.

군사복장의 대무영은 헝겊으로 얼굴을 가리고 눈만 내놓은 모습으로 바싹 다가와 번개같이 손을 뻗어 주연정의 목을 움켜잡았다.

"끄으……."

주연정의 얼굴이 홍당무처럼 붉어지고 두 눈이 튀어나올 듯이 부릅떠졌다.

"아아아……."

하녀는 아랫도리의 치부를 고스란히 드러낸 채 다리를 활짝 벌리고 주저앉아 겁에 질려 금방이라도 비명을 터뜨릴 것만 같아서 대무영은 슬쩍 발끝으로 그녀의 앙가슴을 가볍게 걷어찼다.

팍!

"끅!"

그것으로 하녀는 뒤로 발랑 자빠져서 혼절했다. 아니, 죽었는지도 모르지만 대무영은 지금 그런 것까지 신경 쓸 겨를이 없다.

그는 주연정이라고 확신하는 자의 목을 잡고 허공으로 들어 올렸다.

"네가 승화 왕자 주연정이냐?"

주연정은 두 다리가 바닥에서 반 자쯤 허공에 뜬 채 곧 죽을 것처럼 파닥거렸다.

"끄윽… 끅… 끅……."

대무영이 목을 쥔 손에 약간 힘을 풀자 주연정은 입에서 게거품을 흘리며 더듬거렸다.

"끄으으… 너… 너는 누구냐……."

딱!

"흐윽!"

대무영은 발끝으로 주연정의 정강이를 가볍게 걷어차서 부러뜨렸다. 이어서 고통으로 자지러지고 있는 주연정에게 재차 물었다.

"이번에도 대답하지 않으면 음경을 잘라 버리겠다. 네가 승화 왕자 주연정이냐?"

"그… 그렇습니다… 끄으으……."

주연정은 즉시 공손해졌다.

"사군은 어디에 있느냐?"

"……."

주연정은 이 낯선 놈이 어째서 사군을 찾는 것인지 생각해 보았다.

콱!

"끅……."

순간 대무영은 다른 손으로 주연정의 축축한 음경을 덥석 움켜잡았다.

주연정은 방금 전에 대무영이 음경을 자르겠다고 한 말을 기억해 내고 다급하게 대답했다.

"그… 그녀는 여… 여기에 없습니다."

"어디에 있느냐?"

"누가 데려갔습니다."

"그놈이 누구냐?"

주연정은 이 와중에도 사촌 동생의 신분을 밝혀서는 안 된다는 생각을 했다.

"그는 주현(朱賢)이라고 하는 고수인데 내게서 사군을 강탈해서 달아났습니다."

주연정은 사군을 데려간 사람의 이름을 주도현의 가운데 '도'를 빼고 주현이라고 둘러댔다.

지난밤에 만희각에서 사군에게 첫눈에 반해 버린 주도현은 주연징에게 부탁하여 그녀를 기루에서 빼내달라고 부탁을 했었다.

성락왕의 아들 승화 왕자의 요구를 감히 거절하지 못한 만희각주는 순순히 사군을 내줄 수밖에 없었다. 대신 금화 천 냥을 받기로 약속을 했다.

만희각을 나온 주도현은 성락왕저에 들르지도 않고 사군을 데리고 그 길로 곧장 떠나버렸었다.

"그놈이 언제 어디로 갔느냐?"

그렇게 물으면서 대무영은 음경을 잡은 손에 불끈 힘을 주었다.

거짓말을 하면 뽑아버리겠다는 무언의 협박이며, 음경이 뿌리까지 뽑히는 듯한 고통에 빠진 주연정은 이 순간만큼은 거짓말을 할 배짱이 없었다.

"으으으… 오, 오늘 새벽 축시(2시경) 쯤에 북경을 향해 떠났습니다… 제발……."

이어서 대무영은 주현이라는 자가 무엇 때문에 사군을 데리고 간 것이며, 용모와 복장에 대해서 물었다.

第八十七章
두 걸음 앞의 연인

아무리 시급하지만 월영을 데리고 해란화를 찾으러 갈 수는 없는 노릇이다.

그래서 대무영은 그녀를 데리고 사람들에게 물어서 합비 개방분타를 찾아갔다.

다행히 개방분타의 거지들은 강소총분타주 팔장개의 연락을 받은 상태여서 대무영의 부탁을 정중하게 받아들였다.

대무영은 월영을 안휘성 남쪽 장강의 유계구(裕溪口)에서 기다리고 있을 도해와 북설, 백당 일행에게 데려다줄 것을 개방 거지들에게 부탁했다.

그가 개방분타를 떠나기 전에 월영은 그의 손을 꼭 잡고 신신당부했다.

"무영아. 해란화를 꼭 데려와야 해. 그녀는 단 한순간도 널 잊은 적이 없었어."

"염려 마, 누나. 목숨을 걸고서라도 반드시 그녀를 찾아서 데려올 거야."

"그녀는 말을 못해. 놈들이… 예전에 낙수천화의 해란화를 그 지경으로 만들었던 놈들이 그녀에게 무슨 수작을 부렸는데 그때부터 벙어리가 됐어……."

* * *

대무영은 북경을 향해 관도를 달렸다.

합비에서 북경까지 가는 가장 쉬운 길이 관도이기 때문에 주현이라는 자도 이 길을 갔을 것이라고 판단했다.

합비에서 신시(오후 4시경)에 출발한 대무영은 한시도 쉬지 않고 내달려서 해시(밤 10시경)에 북쪽으로 이백여 리 떨어진 정원현(定遠縣)에 도착했다.

주현이라는 자는 오늘 새벽 축시(2시경)에 합비를 떠났으며 추격이 있을 것이라고는 예상하지 않을 것이므로 그다지 바삐 서두르지는 않았을 것이다.

그렇다면 이곳 정원현쯤에 도착해서 쉬고 있을 것이라는 게 대무영의 짐작이다.

그는 합비개방분타에서 북경으로 가는 길에 대해서 자세한 설명을 들었으며, 그것에 의하면 이곳 정원현을 반드시 거쳐야만 한다.

해시면 늦은 시각이기는 하지만 그는 정원현에 있는 모든 객잔을 하나씩 차근차근 뒤져 나갔다.

처음 객잔을 뒤질 때까지만 해도 그는 정원현에서 주현이라는 자와 해란화를 찾을 수 있을 것이라고 기대했었으나 그 기대는 반 시진을 넘기지 못했다.

정원현에 있는 여덟 곳의 객잔에서 두 사람은커녕 흔적조차 건지지 못한 것이다.

합비에서 이곳까지 오는 동안 작은 마을을 두 곳 지났으나 그곳에는 객잔이 하나도 없었다.

그렇다고 해서 주현이라는 자가 그런 작은 마을의 민가에서 묵을 리도 없다.

그러나 대무영은 실망하지 않고 방금 나온 객잔부터 되짚어서 다시 하나씩 살펴나갔다.

지금까지는 객잔 주인이나 점소이들에게 주현과 해란화의 용모를 말하면서 그들의 숙박 여부를 묻기만 했었으나, 이제는 객방 문을 하나씩 두들겨서 숙박하고 있는 사람들을 직접 눈으로 확인을 해나갔다.

객잔 주인이나 숙박객들의 불만과 원성이 자자했으나 그는 무시하고 뜻을 굽히지 않았다.

그는 오로지 해란화를 찾아야 한다는 일념만으로 아무것도 눈에 보이지 않았다.

그러나 다시 한 시진 후, 그는 처음의 객잔 입구에 착잡한 표정으로 서 있었다.

한 가닥 기대마저 송두리째 날아가 버렸다. 여덟 곳의 객잔 백여 개의 객방을 일일이 조사했으나 해란화는 어디에도 없었다.

결국 그는 다시 길을 재촉하여 북쪽으로 뻗은 관도를 달리기 시작했다.

주현이 합비를 떠난 시각이 축시다. 천천히 길을 갔다면 아직 정원현에 이르지 못했을 테고, 서둘렀다면 정원현에 도착하여 밤을 보내고 있겠지만, 만약 전력으로 달렸다면 정원현을 지나쳤을 수도 있을 것이라고 판단했다.

승화 왕자 주연정의 실토에 의하면 주현이라는 자는 대단한 무공의 소유자라고 했다.

그렇다면 경공이 뛰어날 것이고, 혹여 말을 탔다면 이미 삼백 리 이상을 갔을 수도 있다.

대무영은 안휘는 초행길이라서 지리에 서툴다. 합비개방

분타의 거지들이 가르쳐 준 대로라면 정원현 북쪽으로 오십여 리에 봉양현(鳳陽縣)이 있다고 했다.

주현이라는 자가 부지런한 성격이라면 거기까지 가서 묵을 수도 있다.

봉양현부터는 사정이 복잡해진다. 그곳에 저 유명한 회하(淮河)가 서쪽에서 동쪽으로 흐르고 있기 때문이다.

대무영은 불과 반 시진 만에 오십여 리를 달려 봉양현에 도착했다.

봉양현은 조금 전에 지나온 정원현보다 몇 배나 더 큰 번화한 곳이었다.

하지만 그는 개의치 않고 봉양현의 객잔들을 하나씩 차례대로 뒤져 나갔다.

제지하는 객잔주인과 점소이를 윽박지르거나 아니면 무력을 사용하여 때려눕혔다.

그렇게 일일이 객방 문을 열고 눈으로 직접 확인하여 한 시진에 걸쳐서 삼십여 곳의 객잔 모두 살폈으나 끝내 해란화를 찾지 못했다.

대무영은 맥이 빠졌다. 정원현이나 봉양현 두 곳 중에 한 군데에서 해란화를 찾을 수 있을 것이라는 기대가 물거품이 돼버렸다.

두 걸음 앞의 연인 279

여기까지 오는 동안 중간에서 어디 놓친 곳이 없는지 곰곰이 생각해 보았다.

그러나 합비개방분타 거지들은 북경으로 가려면 이 길뿐이라고 입을 모았었다.

하지만 사람의 일이란 알 수 없는 것, 변수투성이다. 북경으로 가려는 구 할의 사람이 이 길로 가고, 나머지 일 할이 다른 길로 갈 수도 있는 것이다.

그리고 주현이라는 자가 나머지 일 할에 속했다면 대무영은 지금 헛고생을 하고 있다.

그렇다고 해서 나머지 일 할에 매달릴 수는 없다. 더구나 그 일 할이 무엇인지 개방 거지들에게 물어보지도 않았으므로 어떻게 해볼 도리가 없다.

방금 그가 나온 마지막 객잔은 봉양현 포구거리에 있었기 때문에 그의 전면 포구에는 수많은 배가 어둠 속에 정박해 있었다.

'혹시 배를 타고 갔다면?'

그렇게 속으로 중얼거렸다가 곧 고개를 가로저었다. 통상적으로 배들은 밤에 운행을 하지 않는다.

추격을 당한다는 사실을 전혀 모르고 있을 주현이라는 자가 무리하게 밤에 배를 타고 가는 모험을 할 것이라고는 생각하지 않았다.

대무영의 발에 채여서 왼쪽 정강이가 부러지고 음경이 뽑힐

뻔했던 승화 왕자 주연정은 대무영이 혼혈을 찍어 자루에 담아 어깨에 메고 성락왕저를 나와 합비개방분타에 맡겨 두었었다.

대무영이 해란화를 찾은 후에 합비개방분타에 연락을 하면 주연정을 풀어주라고 일렀다.

개방 거지들이 자신들의 신분이 드러날 만큼 어수룩하게 일을 처리하지는 않을 것이다.

그러므로 주연정이 주현이라는 자에게 추격이 있을 것이라는 사실을 전서구나 그 외의 방법으로 알릴 수는 없는 상황이었다.

고로 주현은 추격을 전혀 모르고 있을 테니까 의외의 행동은 하지 않을 터이다. 즉, 한밤중에 회하에 배를 띄우는 일 같은 것 말이다.

대무영은 답답한 심정을 부여안은 채 묵묵히 포구를 향해 걸어갔다.

타닥탁…….

멀지 않은 곳에 모닥불이 타오르고 있으며 그곳에 선부(船夫:뱃사람)로 보이는 세 사람이 둘러앉아서 무언가를 먹고 있는 모습이 보였다.

묘시(새벽 6시)가 되어가고 있는 시각이므로 부지런한 선부나 어부들은 벌써 포구에 나와서 이런저런 준비를 하거나 여기저기 모여서 두런두런 얘기를 나누고 있다.

답답한 마음의 대무영은 딱히 어떤 목적도 없이 모닥불 쪽으로 천천히 걸어갔다.

그는 합비개방분타에서 허름한 경장 한 벌을 얻어 입은 모습이라서 떠돌이 무사쯤으로 보일 터이다.

가까이 다가가서 보니까 세 사람의 선부는 모닥불에 고기를 구우면서 술을 마시고 있었다.

밤새 술을 마셨는지, 아니면 새벽부터 마시고 있는 것인지 모르지만 선부들의 얼굴은 적당한 취기로 얼굴이 벌겋고 푸근한 웃음을 터뜨렸다.

선부 중 한 사람이 다가오다가 멈춰 서 있는 대무영을 발견하고 사람 좋은 미소를 지으며 손짓을 했다.

"괜찮다면 이리 와서 한잔하시오."

대무영은 마음도 심란하고 지금으로썬 뭘 해야겠다는 뾰족한 생각도 없었으므로 별 기대하는 마음 없이 모닥불로 다가가 선부들이 부어주는 술잔을 잡고 그들 사이에 끼어 앉았다.

"보기는 이래도 맛은 괜찮을 게요."

선부 중 한 명이 대무영에게 먹음직스러운 고깃덩이 하나를 선뜻 건네주고 있는 동안 다른 두 사람은 하던 대화를 이어갔다.

"정말이지, 나는 세상에 태어나서 그렇게 아름다운 여자는 처음 봤다니까."

"맞아. 천상의 선녀도 그렇게 아름답지는 않을 걸세."

술을 반쯤 마시던 대무영은 움찔했다. 본능적으로 이들이 지금 해란화에 대해서 말하고 있다는 것을 느꼈다. 천하에 아름다운 여자는 많지만 이들이 표현하는 것 같은 천상의 선녀는, 더구나 우연히 이 지역을 지나가던 여자는 해란화뿐일 것이다.

"그 여자, 이십 세쯤 되지 않았소?"

대무영은 술잔을 쥔 채 그렇게 묻고 나서 자신이 아는 해란화의 용모에 대해서 자세히 설명했다.

그러나 설명의 결론은 그녀가 천하에서 가장 아름답다는 의미로 끝났다.

그것은 선부들이 내화하고 있는 내용이나 다를 바가 없었다. 그러므로 적절한 설명이 되지 못했다. 최고의 아름다움은 그저 최고의 아름다움일 뿐이다.

대무영은 해란화의 현재 특징에 대해서 알고 있는 것이 없다. 또한 그녀는 얼굴에 신체적인 특징 같은 지니고 있지 않았다.

그렇지만 소득은 있었다. 그녀가 어떤 청년과 함께였다는 것과, 두 사람이 어제 늦은 오후에 이곳에서 배를 한 척 빌려서 타고 떠났다는 사실이다.

다만 승화 왕자 주연정이 설명해 준 사내의 모습과 선부들이 설명하는 청년의 용모가 판이하게 달랐다.

그것은 주연정이 대무영을 헷갈리게 하느라 거짓말을 했을 수도 있으므로 중요한 게 아니다.

대무영은 선부들이 설명하는 일남일녀가 해란화와 주현이

라는 자가 거의 틀림없다고 확신했다.

어제 새벽 축시에 합비를 출발하여 늦은 오후에 이곳까지 왔다면 그들은 매우 서둘렀던 것이 분명하다. 그러나 그 의문은 곧 풀렸다.

선부들은 두 사람이 한 마리 근사한 준마를 타고 포구에 도착했다고 말했기 때문이다. 준마를 타고 달렸다면 그다지 서둘지 않더라도 충분히 그 시간에 이곳에 도착할 수 있었을 것이다.

"늦은 오후에 배를 탔으면 곧 어두워질 텐데……."

"껄껄껄! 여긴 회하요! 회하는 매우 순한 강이어서 급류나 폭포도 없고 그저 도도히 흐르기만 해서 전혀 위험하지 않소이다."

"그러니까 급한 일이 있는 사람들은 종종 밤에도 배를 띄운다오. 그래도 누가 사고를 당했다는 말은 아직까지 들어본 적이 없었소."

대무영의 마지막 의문마저 말끔히 사라졌다. 어제 늦은 오후에 이곳에서 배를 타고 떠난 두 사람은 해란화와 주현이 틀림없다.

"그들은 어느 쪽으로 갔소?"

"저쪽. 홍택호(洪澤湖) 방향이오."

선부 한 명이 별로 바쁘지 않은 듯한 동작으로 천천히 동쪽을 가리켰다.

"홍택호……."

"무사 양반도 잘 알고 있겠지만 회하는 바다로 흘러가지 않소이다. 거대한 홍택호를 거쳐서 남하하여 장강 하류로 흘러든다오."

대무영은 또다시 의문이 생겼다.

"회하를 통해서 북쪽으로 갈 수는 없소?"

"당연히 북쪽으로도 가오. 홍택호를 동쪽으로 건너 장복하(張福河)를 거슬러 오르면 회음현(淮陰縣)에 이르는데, 그곳에서 대운하로 들어서면 제남을 거쳐서 북경까지 배로 갈 수가 있다는 말이오."

대무영은 더 이상 앉아 있을 수가 없어서 벌떡 일어섰다.

"지금 배를 띄울 수 있겠소?"

"지금… 말이오?"

대무영은 선부들의 입과 생각을 멈추게 할 방법으로 품속에서 금화 열 냥을 꺼냈다.

"이 정도면 되겠소?"

대무영의 손바닥에 놓여 있는 번쩍이는 금화 열 냥을 본 선부 세 명은 서로 자신들이 가겠다고 악다구니를 쓰면서 싸웠다.

사시(아침 10시경). 동이 트고 날이 완전히 밝았다.

대무영이 타고 있는 배는 유엽선(柳葉船)처럼 날렵한 선체에 커다란 돛이 두 개나 활짝 펼쳐져 있어서 다른 배보다도 월등하게 속력이 빨랐다.

현재 이 배는 출발지 봉양현에서 동쪽으로 삼십여 리 떨어진 임회관(臨淮關)을 지나고 있는 중이다.

빠르다고는 하지만 수면 위를 달리는 배라는 한계를 극복할 수는 없다. 그러므로 육지에서 천천히 달리는 정도의 속력이 고작이다.

하지만 해란화가 탄 배의 속도가 이 배보다 느릴 것이라는 선부들의 말이 그나마 작은 위안이 돼주었다.

여기까지 오는 동안 수십 척의 배를 봤으나 어디에도 해란화의 모습은 보이지 않았다.

봉양현 포구의 모닥불에서 술을 마시고 있던 선부 중에 두 명이 배를 몰고 있는데, 술을 꽤 마셨음에도 불구하고 혀를 내두를 정도로 능숙한 솜씨를 발휘했다.

선부들의 말에 의하면, 해란화가 탄 배가 어제 늦은 오후에 출발했으니 만약 밤새 쉬지 않고 달렸다면, 그리고 목적지가 홍택호라면 지금쯤 이곳에서 칠십여 리쯤 동쪽에 있는 오하현(五河縣)이라는 곳을 지나고 있을 것이라고 했다.

이곳에서 오하현까지는 회하가 동쪽으로 곧게 뻗어 있으며, 오하현을 지나 삼십여 리쯤 가면 회하가 급격하게 남쪽으로 방향을 틀어 홍택호의 남단으로 흘러든다는 것이다.

또한 홍택호는 강소성과 안휘성에 걸쳐서 동북과 서남으

로 비스듬히 길게 누워 있는 형상이며 그 길이는 무려 이백여 리에 달한다고 했다.

그러므로 홍택호 남단에서 대운하로 들어가는 진입로인 장복하까지 백오십여 리의 거리는 배로 족히 이틀은 걸려야 도달할 수 있다는 말이다.

선부들의 말 중에서 대무영의 마음을 심란하게 만드는 것이 있었다.

홍택호는 워낙 크고 넓으며 수천 척의 배가 떠 있어서 그곳에서 헤란화가 탄 작은 배를 찾는 것은 백사장에서 바늘 하나를 찾는 것만큼이나 불가능한 일이라는 것이다.

또한 헤란화와 함께 있는 주현의 목적지가 북경이고 또한 튼튼한 준마를 갖고 있다면 구태여 대운하로 가지 않았을 수도 있다는 것이다.

안휘성 북부지역을 서쪽에서 동쪽으로 가로지르는 거대한 강 회하는 수백 개의 강과 물줄기가 모여서 이루어졌으며, 대부분의 강과 물줄기들이 서북쪽 하남에서 남하하는 것들이다.

회하가 봉양현을 지나면 북쪽에서 내려오는 물줄기들이 더러 있으며, 주현이라는 자가 홍택호로 가지 않고 이 물줄기 중 하나를 타고 거슬러 올라 강소성 북부지역이나 산동성으로 곧장 진입하여 배에서 내린 후 말을 타고 갈 수도 있다는 사실이다.

대무영은 고민을 거듭했다. 과연 주현은 홍택호로 갔을 것인가 아니면 회하로 흘러드는 강을 따라 북상했을 것인가를 추측해 내는 것이다.

그러나 대무영이 회하에 대해서 거의 모르고 있기 때문에 답이 나오지 않았다.

그러는 중에도 대무영이 탄 배는 회하 하류 홍택호를 향해 미끄러져 가고 있었다.

차차차창!

"흐악!"

"크악!"

그때 멀지 않은 곳에서 무기끼리 부딪치는 소리와 처절한 비명성이 어지럽게 터져 나왔다.

대무영이 급히 쳐다보니 앞쪽 이십여 장쯤 떨어진 곳의 어느 커다란 배에서 수십 명의 강호인이 치열하게 싸우고 있었다.

아니, 수십 명이 대여섯 명을 상대로 싸우고 있는데, 대무영이 쳐다보고 있는 도중에 싸움이 끝나버렸다. 대여섯 명이 모두 죽음을 당한 것이다.

그때쯤 대무영의 배는 커다란 배와 십여 장의 거리를 두고 옆으로 스쳐 지나고 있었다.

그런데 수십 명의 강호인이 죽은 자들의 품속을 뒤지더니 그중 두 명이 무언가를 찾아냈다.

대무영은 그것이 쟁천십이류의 명협증패라는 것을 단번에

알아보았다.
 그러니까 수십 명이 명협증패를 강탈하려고 대여섯 명을 죽였던 것이다.
 그런데 그때 또다시 싸움이 벌어졌다.
 카차차창!
 "명협증패를 내놔라!"
 "못 준다! 이건 내 것이다!"
 찾아낸 두 개의 명협증패를 차지하기 위해서 수십 명이 자기들끼리 싸움을 벌이기 시작한 것이다.
 그 치열한 싸움을 보면서 대무영이 탄 배는 커다란 배를 스쳐 지나 멀어져 갔다.
 "혹시나 무사 양반도 쟁천 뭔가 그런 거 때문에 싸우기도 하시오?"
 선부 한 명이 돛의 밧줄을 기둥에 묶으면서 대무영에게 넌지시 물었다.
 "나는 그런 거하고 상관없소."
 "오래 살려면 쟁천 뭔가 하고는 담 쌓고 사는 게 좋소이다. 그것 때문에 강호인들이 싸우는 거 이제는 보는 것도 지겹소이다, 지겨워."
 대무영은 적사파울의 암계에 빠져서 죽음의 문턱까지 갔다가 기적적으로 소생한 후부터 지금까지 자의반 타의반으로 쟁천십이류에 신경을 쓸 겨를이 없었다.

또한 적사파울에게 은자 오백만 냥이라는 거액을 주고 대무영의 군주중패를 샀던 철심도 진명군이라는 인물, 그로 인해서 죽음에 이를 정도로 중상을 입었던 대무영은 그때부터 쟁천십이류도 뭣도 아닌 존재였었다.

선부들의 얘기를 듣자 하니 요즘 강호인들의 쟁천중패를 차지하기 위한 싸움이 치열한 모양이다.

강호하고는 하등의 상관이 없는 뱃사람들조차도 진저리를 칠 정도라니 눈으로 직접 보지 않고서도 어떤 상황인지 짐작이 갔다.

"우리들이 살고 있는 작은 봉양현에서도 하루에 몇 차례나 그놈에 쟁천 때문에 강호인들끼리 싸움이 벌어진다오."

"그뿐인 줄 아슈? 쟁천중패라고 하는 걸 돈 주고도 살 수 있다고 하니까 그 돈을 마련하려고 강호인들이 온갖 나쁜 짓은 다 하고 다닌다오."

"거리마다 시체들이 굴러다니고, 한 집 건너 남편과 아들을 잃은 가족들의 통곡이 그칠 날이 없소이다."

"그저 부지런히 일해서 가족들과 오순도순 살면 됐지. 그따위 쇳조각이 무에 대단하다고 그 지랄들인지 모르겠소. 강호인들이란… 쯧쯧……."

선부들은 대무영 들으라는 듯이 혀를 찼다.

고민을 거듭하던 대무영은 결국 지리에 가장 밝은 선부들에게 물어보기로 했다.

"당신들 같으면 지금 같은 상황에서 어떻게 하겠소?"

"무사 양반이 뒤쫓고 있는 일남일녀가 바쁘냐 그렇지 않으냐에 따라서 대답이 달라질 것이오."

대무영은 주현이라는 자가 합비에서 새벽 축시에 출발하여 한시도 쉬지 않고 봉양현까지 달려왔을 것이라고 추측하고 있다.

"바쁘오."

"그렇다면 강으로 갔을 것이오. 홍택호로 가는 것보다 최소한 닷새는 빠를 테니까."

"당신들 같으면 어떤 강을 택하겠소?"

두 명의 선부가 입을 모아 대답했다.

"두말할 것도 없이 천정하(天井河)요."

대무영은 짧게 명령했다.

"그리 갑시다."

*　　　*　　　*

다각다각······.

한 필의 준마에 올라탄 일남일녀의 모습이 방금 천상에서 하강한 천상인의 그것이라서 거리의 모든 사람이 가던 걸음을 멈추고 일남일녀를 구경하고 또 감탄하느라 턱이 빠질 지경이다.

그도 그럴 것이 마상의 일남일녀는 다름 아닌 주도현과 해란화인 것이다.

주도현은 사람들의 시선이 몹시 신경 쓰였으나 천성적으로 편법 같은 것을 쓸 줄 몰라서 면사나 복면으로 얼굴을 가린다거나 행인이 적은 뒷길로 가는 등의 손쉬운 방법을 아예 모르고 있었다.

"피곤하오?"

꼿꼿한 자세로 말고삐를 잡은 주도현은 앞에 앉은 해란화에게 고개를 약간 숙이며 부드럽게 물었다.

해란화는 고개를 살래살래 가로저었다. 그 바람에 그녀의 삼단 같은 긴 머리카락이 주도현의 얼굴을 간질이고 은은한 난향이 코끝을 매료시켰다.

해란화의 둔부와 등, 어깨는 주도현의 몸에 닿아 있다. 그렇다고 해서 찰싹 밀착된 것은 아니다.

처음에 합비에서 말을 타고 출발했을 때 해란화는 자신의 몸이 주도현에게 닿지 않게 하려고 무던히도 애썼다. 그것을 느낀 주도현은 그녀를 편하게 해주려고 여러모로 방법을 강구했으나 어느 것도 마땅한 게 없었다.

마차를 타거나 두 필의 말에 두 사람이 각각 따로 타는 방법이 있으나 그러면 속도가 더뎌진다. 현재로썬 이 방법이 가장 빠르고 수월하다.

그가 합비 만희각에서 해란화와 함께 나와서 밤길을 도와 곧장 북상하여 정원현에 이르렀을 때 황궁으로부터의 급보를 접했다.

부친, 즉 황제의 병환이 위중하니 즉시 누이동생 주지화를 데리고 황궁으로 돌아오라는 전갈이었다.

무슨 일이 있어도 해란화를 포기하고 싶지 않은 주도현은 그때부터 잠시도 쉬지 않고 말을 달리고 또 배를 타고 여기까지 이른 것이다.

해란화가 힘들어할 것이라고 짐작하지만 어쩔 수가 없는 일이었다.

다행히 지난 사흘 동안의 강행군에도 연약한 해란화는 잘 버텨주었다.

처음에는 그의 몸에 닿지 않으려고 몹시 애썼으나 빠른 속도로 질주하는 마상에서의 그녀의 노력은 무의미한 것이 돼 버렸다.

그녀가 말에서 떨어지는 것을 방지하기 위해서 주도현은 두 팔을 앞으로 뻗어 말고삐를 잡아서 양쪽의 벽이 돼주었으며, 또한 그녀를 조금이라도 편하게 해주려는 의도에서 등을 기대라고 했더니 그녀는 매우 망설이다가 어쩔 수 없이 등을 기댔다.

그렇지만 그녀는 최소한으로만 등을 기댔으며 될 수 있는 한 제 힘으로 꼿꼿한 자세를 취하려고 무던히 애썼다. 주도현은 그것이 그녀가 그리워하는 이에 대한 예의를 지키는 것이라고 생각했다.

주루에서 주도현과 해란화가 식사를 하고 있을 때 주루 밖에 한 대의 이두마차가 멈추더니 잠시 후에 한 명의 황의 경장고수가 주루 안으로 들어와 주도현에게 공손히 허리를 굽혀 예를 취했다.

주도현은 젓가락을 놓고 경장고수를 가리키면서 해란화에게 온화한 표정으로 말했다.

"낭자. 지금부터는 이 사람하고 함께 가시오. 나는 급한 볼일을 보고 이틀 후쯤에나 합류하게 될 것이오."

해란화는 겁먹은 얼굴로 경장고수를 쳐다보았다. 경장고수는 수염을 짧게 깎은 사십대 중년인으로, 광대뼈가 튀어나오고 뺨이 움푹 들어간 강퍅한 인상인데, 사실은 주지화의 사부가 보내준 사람이다.

주도현은 주지화의 사부, 즉 삼천성 천무천인을 두 번 본 적이 있을 뿐이고, 누이동생의 사부라서 '노백(老伯)'이라 부르며 존경심을 표하는 정도다.

지금 탁자 옆에 서 있는 경장고수 중년인은 천무천인의 충복으로 쟁천십이류의 세 번째 등급인 신위이며 강호에 신위는 통틀어서 열한 명뿐이다.

허리에 붉은색의 접시 크기의 둥근 륜(輪)을 차고 있는 중년인 난마(鸞碼)는 해란화에게 공손히 허리를 굽히며 최대한 온화한 표정을 지으려고 애썼다.

"소저, 충심을 다해서 모시겠습니다."

주도현은 태산 근방에 머물고 있는 누이동생 주지화를 데려와야만 하기 때문에 이틀 정도 해란화하고 떨어져 있어야 하는 것이다.

해란화는 두려운 듯 안타까운 표정으로 말끄러미 주도현을 바라보았다.

그녀는 자신을 지옥 같은 만희각에서 구출해 준 주도현을 신뢰하기 시작했다.

또한 그가 나쁜 사람이 아니라는 것을 만희각에서 이미 알아봤었지만, 지난 사흘 동안 그와 동행하면서 더 확실하게 알 수 있게 되었다.

해란화로서는 수도현처럼 자상하고 정의로우며 예의바른 사람은 난생처음 보았다.

주도현과 비슷한 사람은 해란화가 죽어서도 잊지 못하는 대무영이다. 하지만 두 사람은 비슷한 것 같으면서도 판이하게 다르다.

주도현이 갖고 있지 않은 것들을 대무영은 지니고 있다. 티 없이 순수하고 착하며 부끄러움이 많다는 것. 그리고 올곧고 강직하며 과묵하다.

대무영과 주도현을 비교하는 자체가 어불성설이다. 아무리 비교해 봐도 대무영이 백배천배 좋다.

*   *   *

사흘 후 대무영은 천정하의 최상류인 강소성 서주(徐州)에 도착했다.

강소성이라고는 하지만 최북단이라서 북쪽으로 십여 리만 가면 산동성이다.

대무영은 자신이 올바른 길을 선택했기를 간절하게 바라면서 이곳으로 왔다.

도해와 북설 등을 떠나온 지는 나흘이 지났다. 그녀들이 초조하게 기다리고 있을 것이라고 생각하면 빨리 돌아가야 하지만 해란화를 목전에 두고 돌아갈 수는 없다.

더구나 배에는 의형 백당이 버티고 있으므로 별 걱정은 하지 않는다.

서주는 여태까지 지나왔던 정원현이나 봉양현하고는 비교

할 수 없을 만큼 크고 번화했다. 거리에는 사람들이 넘쳤으며 거리 양쪽에는 화려한 점포들이 끝없이 이어져 있다.

대무영은 주위를 두리번거리면서 빠른 걸음으로 사람들의 물결을 헤치고 걸었다.

서주에 막상 오긴 했는데 예상 밖으로 너무 커서 어디에서부터 어떻게 해란화를 찾아야 할지 난감했다.

어디선가 무기끼리 부딪치고 고함 소리가 터지면서 싸우는 소리가 들렸다.

그들의 고함 소리 중에 '쟁천'이 어떻고 '명협'이니 '공부' 어쩌고 하는 것을 들으니 또 쟁천증패를 뺏으려고 싸움이 벌어진 모양이다.

어쨌든 대무영은 그런 것에는 추호도 관심이 없다. 과거에 그가 엉겁결에 명협이 되고 그 다음부터 승승장구하여 군주까지 올랐었던 일이나, 그래서 마학사의 꾐에 넘어가 몇 푼의 돈을 버는 재미로 물불 가리지 않았던 일들이 지금 생각하면 쓴웃음만 나온다.

지금 그가 할 일은 해란화를 찾는 일이다. 부디 그가 그녀보다 먼저 이곳에 도착했기를 빌었다.

우두둑…….

그때 전방에서 육중한 음향이 울리며 사람들이 놀라서 좌우로 파도처럼 밀려나고 있었다.

곧 한 대의 이두마차가 모습을 드러내더니 거리 한복판을 천천히 굴러왔다.

사람들은 투덜거리면서 욕을 하다가 마부석의 인물이 대단해 보이는 강호인인 것을 보고는 찍소리도 못하고 급히 거리 가장자리로 물러났다.

마부석의 인물은 중년인으로 황의 경장을 입었으며, 강퍅한 인상에 오른쪽 허리에 붉은색의 륜을 차고 있다.

대무영은 마부석의 인물을 힐끗 쳐다보고는 대단한 고수라는 것을 한눈에 간파했다.

하지만 지금 찾고 있는 주현이라는 청년의 나이나 용모하고는 거리가 멀었다.

대무영은 가까이 다가오는 마차에서 시선을 떼지 않으면서 옆으로 비켜섰다.

우두두두…….

마차가 옆을 스쳐 지나갈 때 쳐다보자 창이 굳게 닫혀서 안이 전혀 들여다보이지 않았다.

마차 안은 작은 침실처럼 아늑하게 꾸며졌다. 그러나 해란화는 내내 불안해서 창을 열고 싶었으나 그래서는 안 될 것 같아서 좁은 창틈에 눈을 붙이고 밖을 내다보는 것으로 위안을 삼았다.

그녀는 주도현이 착한 사람이라는 것을 안다. 또한 그녀가 숨 막히도록 그리워하는 사람을 그가 찾아주고 싶다고 했던 말도 믿는다.

그래서 오래지 않아 대무영을 만나게 될지도 모른다고 가슴을 조이고 있다.

그녀가 보기에 주도현은 지금 매우 바쁜 것 같았다. 그러므로 그가 바쁜 일을 마무리할 때까지만 참고 기다리면 된다는 생각이다.

창틈으로 내다보는 거리의 풍경은 너무도 새롭다. 만희각에 일 년 넘게 갇혀서 살았으니 눈으로 보는 것 모두가 새롭고 신기할 수밖에 없다.

지금 창틈으로 보이는 것은 행인들이다. 마차를 피해서 옆으로 비켜선 사람들 모습이 차례차례 책장을 넘기는 것처럼 보였다.

그때 어떤 수염투성이 사내가 마차의 창을 쳐다보다가 해란화하고 눈이 마주쳤다.

마차 안은 어둡고 또 해란화는 창틈에 눈을 붙이고 있기 때문에 그 사람을 볼 수 있지만, 그 사람은 창에서 두어 걸음 떨어져 있으며 그저 무심코 창을 쳐다보고 있어서 그녀를 보지 못했을 것이다.

"……!"

아주 찰나의 순간 해란화는 수염투성이 그 사내의 두 눈을 정면으로 보고 깜짝 놀랐다. 아니, 너무 놀라서 그 순간 심장이 멈춰 버리는 것 같았다.

'그이야!'

단지 눈만 봤을 뿐이고 찰나지간이었으나 해란화는 그 사람 대무영의 눈을 그리고 눈빛을 죽어서도 잊지 못한다.

투명하리만치 해맑으면서도 강철을 뚫을 듯이 강렬하게 쏘는 듯한, 그러면서도 장난꾸러기 아이처럼 웃음기가 가득 담겨 있는 그런 눈이다.

'영랑!'

해란화는 숨을 쉴 수가 없었다. 대무영은 이제 창틈으로 보이지 않는다.

스쳐 지나간 것이다. 해란화는 급히 무릎으로 기어서 마차의 뒤쪽으로 갔다.

그곳에도 창이 있으며 창틈이 있다. 부여잡듯이 창에 들러붙은 그녀는 창틈에 눈을 붙였다.

그리고는 눈동자가 바쁘게 좌우로 구르며 방금 전에 봤던 대무영의 모습을 찾아보았다.

'아......'

저기 사람들 틈에서 뒷모습을 보이면서 걸어가고 있는 대무영이 보였다.

사람들보다 머리가 하나 내지 하나 반이나 더 크고 어깨가 대들보처럼 단단하고 넓은 사내. 약간 건들거리면서 걸을 때면 어깨와 머리가 좌우로 약간씩 흔들리는 특유의 바로 그 걸음걸이였다.

'아아… 그이가 틀림없어!'

그때까지도 해란화는 숨을 쉬지 못하고 속으로 절규하듯이 탄성을 터뜨렸다.

엎어지듯이 마차 문으로 다가가서 힘껏 열려고 했으나 꼼짝도 하지 않았다.

밖에서 잠근 것 같았다. 속이 뒤집히고 피가 다 쏟아져 나가는 것만 같았다.

다시 뒤쪽 창으로 급히 기어가서 창틈에 눈을 붙였다. 대무영의 모습이 멀어지고 있다.

이제 잠시 후면 그의 모습이 행인들 속에 파묻혀서 보이지 않을 것이다.

'허억… 억……'

해란화는 숨이 끊어지고 심장이 오그라드는 처절한 안타까움을 느끼면서 손바닥으로 미친 듯이 창을 두드렸다.

탁탁탁탁탁…….

대무영이 이 소리를 듣고 다시 돌아와 주는 기적이 일어났으면 좋겠고, 마부석의 중년인이라도 이 소리를 듣고 마차를 세우고 달려와서 문을 열어주었으면 좋겠다는 생각에 그녀는 손이 터져서 피가 나는지도 모르고 정신없이 창을 두드려댔다.
탁탁탁탁탁…….
'으아아… 어어…….'
기적이 일어나는 것 같았다. 저 멀리에서 대무영이 걸음을 멈추고 뒤돌아보고 있었다.

대무영은 무슨 소리를 듣고 걸음을 멈추고 뒤돌아보았다.
탁탁탁탁…….
누군가 마차 안에서 무언가를 두드리는 듯한 소리 같은데 신경 쓸 일이 아니었다.
그는 다시 고개를 돌리고 가던 길을 가기 시작했다.
탁탁탁탁…….
두드리는 소리가 점점 멀어졌다.
사랑이 멀어지는 소리였다.

『독보행』 9권에 계속…

이제부터 전자책은
이젠북

www.ezenbook.co.kr

새로운 세계가 열린다!

서현 『조동길』ᴺ   남운 『개방학사』ᴺ   백연 『생사결』ᴺ
목정균 『비뢰도』   좌백 『천마군림』   수담옥 『자객전서』
용대운 『천마부』   설봉 『도검무안』   임준욱 『붉은 해일』
진산 『하분, 용의 나라』   천중화 『그레이트 원』

이름만 들어도 황홀할 정도의 별들의 향연!

이들의 "유료연재"가 시작됩니다!

검색창에 **이젠북** 을 쳐보세요! ▼ 🔍

FUSION FANTASTIC STORY

천중화 장편 소설

세계 유일의 남자

**역사를 목격한 적이 있는가.
지금, 세상을 뒤엎을 사내가 온다!**

스포츠 만능에, 수많은 여인의 애정까지…
골프계를 뒤흔드는 골프 황제 김완!

그런데 이 남자의 향기가 심상치 않다.

할머니의 비밀과 부모의 죽음.
그에게 전해진 사건들이 이 남자를 뒤흔들고,
이제 그의 행보가 세상을 움직인다!

『세계 유일의 남자』

**평범한 남자라고 생각했는가?
천만에! 이자는… 세계 유일의 남자다!**

Book Publishing CHUNGEORAM

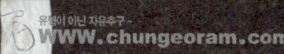

FUSION FANTASTIC STORY

죽은 자들의 왕

페리도스 퓨전 판타지 소설

공전절후! 쾌감작렬!
청어람이 선보이는 판타지의 신기원!

『죽은 자들의 왕』

대륙 최고의 어쌔신 길드, 블랙 클라우드.
어느 날 내려진 섬멸 명령으로 인하여 하루아침에 멸망했다.

그러나…….

"오랜만이다, 동생아."

어릴 적 헤어진 동생을 찾아 국경을 넘은 그레이너.
그러나 동생은 죽음의 위기를 겪고,
이제 동생의 모습으로 새로 태어난 그레이너가
모든 음모를 파헤치며 나아간다.

사라졌다 여겨진 전설이 끝나지 않고,
이제 대륙을 뒤흔드는 폭풍이 되리라!

Book Publishing CHUNGEORAM

유행이 아픈 자유추구-
WWW.chungeoram.com

인기영 장편 소설

현대 강림 마스터

FUSION FANTASTIC STORY

타고난 이야기꾼, 작가 인기영!
「현대 귀환 마법사」의 뒤를 잇는 새로운 현대물로 돌아오다!

한평생 빙의로 고생해 온 설유하.
그 빙의가 그의 인생역전을 이뤄줄 줄이야!

귀신을 다루는 사령술!
동물을 움직이는 조련술!
마검왕에게 사사한 검과 마법!

이계에서 찾아온 세 영웅의 영혼과의 만남.
그들이 전해준 힘으로
역사에 없던 '마스터'가 현대에 강림하다!

주목하라!
나 설유하, 마스터가 바로 여기에 있다!

Book Publishing CHUNGEORAM

www.chungeoram.com

아버지라 생각한 자의 배신.
그렇게 이방의 사막에서 죽음을 맞이했다.

그러나, 죽음은 끝이 아니라 새로운 시작이었다!

카이스트 최연소 입학.
하늘이 내린 천재.
과학력을 한 단계 진보시킨 과학자!

복수를 위하여 이계에서 살아남고,
기어코 현대로 다시 돌아온 이은우!

"이제 시작이다, 나의 성공가도는!"

세상이 몰랐던 총수의 귀환!
이은우, 그가 돌아왔다!

Book Publishing CHUNGEORAM